쓸모없는 인간

이 책에 쓰인 내용은 거의 대부분 사실이지만
잉크가 마른 후에는 대부분 거의 소설이 되고 말았다.

쓸모없는 인간

/

박세현의 소설

경진출판

차례

1부
세계는 대개 흥미로운 글로 꽉 차 있고,
난 더 이상 추가할 생각이 없다.

(케네스 골드스미스)

0

아침에 눈 뜨면 나는 우선 내 얼굴을 만져본다.
코는, 눈은, 입은 다 제자리에 있군. 다행이다.
다음은 팔과 다리를 확인한다.
매일 아침마다 반복되는 루틴이다.
(루틴이 루틴하게 제자리를 찾는 순간이다.)
가늘게 안도의 숨을 쉰다.

다행이다.
다행이다.
다행이다.

자고 났더니 벌레로 변해버렸다는 이야기는 남의 이야기
가 아니다.
교수직에서 물러나고 무직자가 된 나는 하루하루
낯선 시간과 만나고 있다.
누구나 그렇듯이 그러면서 서서히 세상을 빠져나가는 준
비를 한다.
낯선 마을을 지나가는 여행자의 느낌.
나에게 연락하는 지인은 없다.
눈치 있는 독자는 위 문장에서 생략된 부사어를 채우면서 읽었을 것이다.

일체.

나에게 걸려오는 전화는 보험 재계약 상담원이나 여론조사용 전화의 기계음이 거의 전부다. 어쩌다 걸려오는 보이스피싱도 나는 고맙게 받으면서 오래 친절하게 응대한다. 사기꾼인 줄 알지만 가련한 그의 작업에 속는 척 하면서 통화를 연장하기도 한다. 계좌번호를 묻는 보이스피싱 사기꾼의 요구에 계장번호로 응답한다. 계장번호요? 계장은 모르는데요? 다시 말해주세요. 계장님 번호는 내가 모르지요. 피싱은 화를 낸다. 이런 씨발. 나는 화내지 않는다. 나는 그렇게 흘러가면서 한 마리 너그러운 벌레가 되어 간다. 슬프다고요? 그런 말씀이 슬프지요.

자기 일에서 떠나면 인간은 예외 없이 벌레가 된다. 좀 격하게 말해서 분리수거 대상이 된다. 표현이 심한가. 그렇군. 나는 그저 한 마리 벌레다. 벌레가 되었다. 교수로 은퇴했기에 더는 가르칠 학생이 없고 나의 알량한 학문을 배우려는 사람도 없다. 나의 얕은 학문은 낡았고 게다가 사양산업이다. 내 부모가 그랬듯이 내 선배들이 그랬듯이 같이 늙어가는 친구들도 뾰족한 수 없이 식물의 삶을 견디고 있다. 나는 여기에 무슨 의미를 갖다 붙이거나 해석하고 싶은 생각이 없다. 인생관도 세계관도 철학도 미학도 일언지하다.

세상을 물들이는 고상하고 우아하고 아름답고 현학적인

말들은 일자무식이었던 내 할머니가 입에 달고 살던 관용어구로 표현하자면 한낱 '개똥같은' 소리에 지나지 않는다.

나는 쓸모없는 인간이 되었구나.
비로소 아름답구나.

무직자
홈리스
예술가
시인
영원한 나의 동지들이여

1

이 글은 말하자면 소설이다.

그것도 장편.

픽션을 가장한 수기일 수도 있다.

되도록 픽션이기를 바라면서 나는 이 글을 시작한다.

수기가 된다고 해도 큰 불만은 없을 것이다.

수세식이나 푸세식이나 급한 볼일만 보면 되겠다.

내가 소설을 쓰기로 한 것은 일종의 정신적 방탕이다.

시에서 못 다한 말들을 쓸어 담으려고 하는 짓은 아니다. 시야말로 수기에 가장 가까운 장르다. 시비를 걸 사람도 있겠지만 내가 보기에는 그렇다. 그에 비해 소설은 그 말부터 흥미롭다. 작은 이야기. 이 글은 더 작은 이야기가 되겠다. 어떻게 쓰여질지 알 수 없으나 작고 또 작은 이야기가 될 것이다. 게다가 허구라는 핑계는 또 얼마나 즐거운가. 소설은 허구야 허구. 거짓으로 만들어내는 이야기라구. 소설을 현실로 믿는 습관처럼 나쁜 건 없다. 소설은 소설이다. 어디까지나 그렇다. 허구라는 거울에 진실을 비추어보려는 생각은 그야말로 이론적 집착이다. 세상은 온통 소설 천지다. 소설가들은 세상을 소설이라는 틀 속에 집어넣어야 안심을 하는 부류들이다. 그래야 보이는 진실이 있다고 강변하면서 소설이라는 영업은 지속된다. 끓는 육수에 고기를 살짝 데쳐 먹는 샤브샤브 같은. 그렇든 저렇든.

　나 말고는 아는 사람이 없지만 나는
　두 권의 소설을 쓴 바 있다.
　『페루에 가실래요?』와 『여담』이 그것이다.
　나름대로 성공작(적)이다.
　(절판되기 전에 찾아 읽으시면 좋을 것이다.)
　이런 얘기를 밝히자고 소설을 시작하는 것은 아니므로
　오해가 있다면 그건 당신의 몫이다.

　하나 더.
　이 소설은 가다가 멈출 수도 있고 무슨 얘긴지 쓰고 있는 필자도 설득시키지 못할 흐름도 있을 수 있다. 미야자키 하야오 감독이 '그대들은 어떻게 살 것인가'를 만들고 자기도 이해할 수 없는 부분이 있다고 한 말이 떠오른다. 은퇴를 선언하고 다시 영화를 만드는 이유를 물었더니 '은퇴한 사실을 잊어버려서'라고 말하기도 했다. 나도 내가 쓰고 있는 글을 이해하지 못하고 지나갈 수 있을 것이다. 아니다. 되도록 그런 소설이 되기를 바란다. 다시 하나 더. 이 소설은 시작도 중간도 끝도 없이 흘러갈 것이다. 구상도 핵심도 없이 입에 풀칠하듯이 하루하루 겨우 쓰여질 뿐이다. 쓰다가 키보드에서 손을 떼는 순간─지친 순간이 소설의 대단원이 될 것이다. 이야기가 동이 날 일은 결코 없을 것이다. 내가 쓰는 이야기는 이야기가 아니기 때문이다. 읽다가 중간에 책을 덮는 사람은 진정한 나의 독자다.

2

나는 시를 쓰는 인간이다.
써놓고 보니 오글거린다.
거의 서글프다.
그래서요?
어디선가 이런 목소리가 들려온다.
못 들은 척 하자.
그것만이 살 길.

갑자기 시인이라는 말이 밀도와 순수성을 상실한다.

거울 속의 내가 낯설어질 때와 같은 기분이다. 멋쩍게 웃어주자. 혼자 웃고 있을 때만 생의 옷자락이 펄럭이는 법. 오늘 아침에 시 한 편을 썼지만 나는 시의 마지막 줄을 쓰지 못하고 일어서야 했다. 생각이 떠오르지 않아서는 아니다. 어떤 말로든 시를 마감할 수는 있었다.

시는 기계적으로 또는 자기 반사적으로 쓰여진다.

쓰는 사람만 아는 건 아니다. 읽는 사람이 먼저 알 수도 있다.

그런 시는 거기까지다. 쓰는 순간 생명이 다하지만 그건 또 그것대로 시다. 세상에 시가 아닌 것은 하나도 없다. 모든 순간이 시다. 갈 곳 없는 마음이 문장에 집결하면 그것이 시다. 가벼운 나의 시론이기도 하다. 시론 같은 소리. 불쌍하게도 나의 시론은 나의 시를 설명하지 못한다. 사뭇 다정한 의붓어미다.

나의 문학관은 그때그때 바뀐다. 때와 장소에 따라 달라진다. 선(禪)이 '지금 이 장소에서의 생각'이듯이 나의 생각도 순간에 대한 충실이다. 순간의 연장은 집착이 된다. 어제 다르고 오늘 다르다. 아침 다르고 저녁이 다르다. 오 분 전과 오 분 후가 다르다. 내가 쓰는 소설도 어디로 흘러갈지 필자의 역할을 맡고 있는 나도 모른다. 그냥 흘러가자. 거기가 어디든.

3

새벽에 시 한 편을 썼다.
그것뿐이다. 그것밖에 다시 무엇은 없다.
시는 이루어질 수 없는 무엇이다.
무엇은 무엇인가.
관념, 사랑, 광기와 욕망, 허무, 신념, 환멸, 로또,
철학 비슷한 철학. 한없이 시 비슷한 시.

그것은 무엇이더뇨.
언어는 대답하지 않는다.

시인에게 자기 자신은 최초의 타인이라고 말한
이웃나라 다카하시 겐이치로의 말이 느슨하게 나를 지나
간다.

책상 위에는 지난 밤이 어지럽게 흩어져 있다.

요란하게 쏟아지던 장맛비가 그치지 않고 내 지지부진한 생활을 때린다. 밤 늦도록 내 머릿속을 떠돌던 생각은 아무 근거가 없다. 지금은 흔적도 없다. 일 점 자취 없는 생각에 감사. 생각은 지저분한 얼룩이다. 생각을 업으로 삼는 사람들이 싱거워진다. 누더기 같은 사념을 버려야 한다. 이가 맞지 않는 주막의 창문이 덜컹대는 소리에 귀를 놓고 앉아 있고 싶다. 어디가 좋을 것인가.

번지 없는 주막이면 좋겠다.

시를 쓴답시고 썼지만 그게 무엇이란 말인가.
이것은 개탄도 회한도 아니다.
시는 그저 내가 나와 같이 있고 싶은 순간의 기록이다.
한번도 내 삶에 가 닿지는 못한다.
그 주변, 언저리, 문 앞을 헤맬 뿐이다.
시는 구원도 무엇도 아니다.
시는 꽝이다. 그저 아름다운. 단지 비극적으로.

잠깐! 미리 말해두지만 시는 꽝이라서 그렇기 때문에 좋다.

꽝이어야 한다. 내세울 만한 꿍꿍이가 없는 존재들은 매진해 볼 만한 사업이다. 시의 궁극은 비어 있다. 공백이다. 시에 뜻을 둔다는 것은 자신의 공백을 선회하는 일이다. 나는 그렇게 생각한다. 그것이 아니라도 어쩔 수 없다. 내가 가 닿고 싶은 텅 빈 공백. 그 공백에다 휘갈기는 낙서가 나의 시다.

오늘은 여기까지만 쓴다.

어제 문득 떠오른 시가 있다.
「어느 날 나는 흐린 酒店에 앉아 있을 거다」가 그 시다.
시의 구체는 흐릿하지만 제목은 선명하다.
그 선명성이 어제 나를 찾아와서 문을 두드렸다.
1999년에 발매된 시집 제목이 나를 건드리고 있다.
시의 힘인가. 제목의 힘인가.
정시 도착이다.

황지우는 40대 후반에 자신의 훗날을 정확하게 예견했던
것이다. 다소 멋을 부린 느낌은 있지만 나는 개의하지 않는
다. 시는 그런 것이라고 믿기도 하기 때문이다. 과장하거나
축소하지 않고 시를 쓸 수 있겠는가. 나는 지금 시인이 쭈욱
잡아서 늘려놓은 생의 그늘 속으로 들어가고 싶은 것이다.
그곳이 '흐린 酒店'이다. 탁자는 낡았을 것이고 이가 빠진 구
식 술잔이 앞에 있어야 한다. 소품은 조금 달라도 상관없다.
술집은 늘 그렇듯이 혹은 그래야 하듯이 술집처럼 소란스러
울 것이다. 구구각각의 희로애락이 반짝거리는 술집. 나는
누구를 기다리는 자세를 취하고 있지만 올 사람은 없다. 그
냥 그렇게 앉아 있는 것이다.

술은 소주가 좋겠다. 그냥 하는 말이다. 술은 무엇이든 상관없다. 술을 기다리는 시간이어도 괜찮지만 취기가 도는 시간이어도 좋다. 어떤 자세로 앉아 있다고 해도 저 시 안에 등장하는 시적 인물의 포즈는 나오지 않을 것이다. 잔뜩 폼을 잡아 봐도 생의 궁극과 맞붙어 있는 고뇌의 빛은 나오지 않을 터이다. 교수임용을 기다리는 대학의 일용직 시간강사의 표정 같은 것은 아닐까? 그것은 심오하고 또 심오하다. 겪어본 자는 아는 문제다. 삶의 압력이 실리지 않은 시적 고민은 얼마나 너절하고 값싸게 인식될 것인가. 집구석에 가서해도 충분할 것을 술집에 나와 궁상을 떨고 있는 나. 나는 시의 제목만 빌어다 놓고 우두커니 앉아 있다. 1950년대에 젖을 뗀 시인들은 지금 어떤 형식으로 존재하고 있을까. 궁금하다. 나는 답을 알고 있다. 그것도 정확하게 알고 있음이다. '어느 날 나는 흐린 酒店에 앉아 있을 거다'가 그 답의 하나다. 취했거나 더 취했거나 그 차이만 남아 있다.

아아. 쓸모없는 인간.

나처럼 유고를 작성하고 있는 시인도 있겠다.

그것이 헛짓인 줄 알면서 거기에 남은 생을 밀어넣어 보는 일이다. 자기 눈 가리고 아옹이다. 시짓기가 그런 일 아니었을까. 시쓰기에 막강한 신념을 들이대는 습작생도 있을 것이다. 말리지 않는다. 내 문장은 나의 뇌피셜이다. 내일은 나의 오랜 문학동지 박세현을 만나기로 약속한 날이다. 만남 장소는 4호선 진접역 1번 출구다. 지인 1명 없는 그래서 황량하고 그래서 충분한 나의 여행지.

6

박세현은 최근 두 권의 책을 펴냈다.

그의 용어로는 인쇄이고 납품이다.

시집과 경장편이다. 그는 약속시간 오 분 전에 나타났다.

문청시절부터 그를 알아왔지만 그를 속속들이 안다고 할 수는 없다. 박세현 자신도 그렇게 말한다. 나를 알려고 하지 마라. 자신은 알려질 만한 내용이 없는 인간이라는 게 그의 주장이기도 하다. 나는 오늘 주로 그의 책에 대해 대화를 나눌 생각이다. 그가 내 의문에 제대로 대답해줄지는 모르겠다. 조금 추켜 주면 그는 자신을 과장하기 일쑤고 조금 깎아버리면 자신을 급격히 축소해버린다. 그에게 차분한 중간지대는 거의 없다. 그런 인간이 박세현이다. 그의 시도 그런 혐의가 있다고 하면 그는 화를 낼 것인가?

4호선 진접역 1번 출구에서 우리는 만났다. 그가 먼저 온 관계로 내가 지각한 느낌이다. 그가 씨익 웃었다. 그게 그의 인사다. 전철역을 벗어나 새로 조성된 거리를 걸으면서 우리가 잠시 임대할 공간을 물색했다. 어디선가 많이 본 듯한 거리다. 아무 데나 들어가기로 한다. 아무 데나. 커피는 아메리카노. 그도 나도.

"축하해."

내가 먼저 말했다.

"축하는 무슨. 저주겠지."

박세현이 말을 받았다.

"기분은 어때?"

내가 말했다.

"책을 냈다는 설렘이 말라버렸어."

박세현이 말했다.

"책이 새롭지 않아서겠지. 아니면 필자가 무디어졌던가."

내가 말했다.

"글쓰기의 부작용이다. 슬픔 같은."

박세현이 말했다.

"슬픔이라. 슬픔을 새로 개념해야겠네."

내가 말했다.

"고등학교 때 군대훈련을 받았잖아. 이른바 교련. 좌향 앞으로 갓. 뒤로돌아 갓. 따위의 제식훈련. 제자리걸음이라는 것도 있었다. 지금 내가 그 짓을 하고 있다는 생각."

박세현이 말했다. 그가 약간 우쭐해지려고 했다.

"박세현 스타일로 말하면 썼던 거 다시 쓰는 과정 아니겠어?"

내가 말했다.

"내 작업방식에 회의가 도착했다는 자각이지."

박세현이 말했다.

"작가적 갱년기를 뒤늦게 겪는 거지. 철들지 못한 작가."

내가 말했다.

"작가가 철이 든다면 펜을 놓아야겠지."

박세현이 금세 철든 사람처럼 말했다.

"동감. 철든다는 게 뭐냐는 각자 다르게 해석하겠지만."

내가 말했다.

"역시 철없는 얘기겠지."

박세현이 특유의 냉소어린 어투로 말했다.

"궁금하다. 올해로 40년차 시인인데 박세현을 아는 사람 있을까? 한국문학에 박세현의 자리가 없다는 뜻이다. 이 대목에 대해 어떤 생각을 가지고 있는가?"

내가 그의 속을 지르는 말을 했다.

25

"박세현 자리는 없습니다. 그게 진정한 박세현의 문학적 좌표입니다."

박세현은 단도직입적으로 들이댔다.

"조금 발끈한 것 같은데 그럴 일은 아니다."

내가 말했다.

"변방 출신다운 변방의 어투일 뿐이다. 한국문학에 내 자리가 없다는 것은 진정한 축복이다."

박세현이 한 톤 낮추어 말했다.

"이번 시집 『난민수첩』을 읽었다. 자신을 난민으로 기표한 게 눈에 들었다. 자연인 박세현의 생물학적 진퇴양난의 지점이 아니겠는가 싶다."

나는 박세현을 건너다보았다.

"진퇴양난."

박세현이 내 말을 곱씹었다.

"할 말이 더 있을 것 같은데 아끼지 말고 하시지."

내가 말했다.

"'시집 뒷말'에서 할 말 다했다."

박세현이 단정적으로 말했다.

"시집 해설은 왜 달지 않는가?"

내가 빠르게 말했다.

"해설? 그게 왜 필요하지?"

박세현이 역시 빠르게 대답했다.

"딴은 그렇군."

내가 말했다.

"거기에 더 반응할 말은 없다."

박세현이 말했다.

"경장편 『여담』을 흥미롭게 읽었다. 나름 재미도 있었다. 시쓰는 자의 자기 고백을 경장편이라는 틀 속에 넣어본 시도는 그것대로 그것이었다. 작가가 소설 속에서 여러 번 말했듯이 『여담』은 소설이기를 앙망하는 소설이 아니다. 소설을 부정하는 소설이다. 산문집으로 읽어도 무방하다. 경장편이라는 용어 자체가 거추장스럽기까지 하다. 작가의 트릭일 거라 본다."

내가 평론가 흉내를 내면서 말했다.

"소설이라는 이름에는 함량 미달이지만 나는 그 부족한 부분을 사랑하게 되었다. 내가 쓴 책 뒷표지 문장이다. 마지막 교정 단계에서 쓴 이 문장이 좋다. 『여담』을 소설로 읽는다면 소설이 될 것이요, 긴 수필로 읽는다면 긴 수필이 될 것이다. 그것은 이제 나의 문제가 아니다. 글을 쓰는 동안 나는 혹은 나의 시적 분신이 문장 속에 몸을 얹을 수 있었던 것으로 충분하다."

박세현이 차분하게 말했다.

"후일담은 있는가?"

내가 물었다.

"없다."

박세현은 두 음절로 명징하게 말했다.

오늘의 얘기는 여기까지다.

이어서 중얼거릴 얘기는 다음에 생각하자.

기왕 박세현 얘기가 꺼내졌으니 그에 대해 조금 설명하자. 내가 그를 만난 건 고등학교 문학반이다. 그러나 이렇다할 기억은 남아 있지 않다. 그냥저냥 여기까지 오면서 문학과 우정을 핑계로 붙어 살다시피 한다. 박세현에 대해 안다고 생각하면서도 막상 그에 대해 내가 아는 게 무엇인가 살펴보면 대체로 허당이다. 누구에 대해 안다고 정리된 생각은 일개 집착에 지나지 않는다. 나 자신에 대해서도 예외는 아니다. 이런 견지에서 박세현에 대한 몇 가지만 털어놓는다.

그는 우선 왜소하다. 신장이 평균에 미달이다. 신장이 그렇듯이 그의 정신적 풍경도 보편성에서 멀다. 그는 대체로 세상적 통념에 동의하지 않는 편에 속하는 인간이다. 내가 보기에 그렇다는 말이다. 생각은 튀지만 그것을 그는 잘 제어하고 있다. 그것이 아마도 박세현의 성격적 정체성일 것이며 박세현의 글쓰기를 가로지르는 주선율이기도 하다. 나는 그렇게 생각한다. 그의 시가 불편 없이 읽히지만 그것은 그의 글쓰기 방식일 뿐이다. 시적 언술이 그렇다는 말이다. 술술 읽히거나 뾰족한 내용이 없다는 것도 그가 시를 이끌고 가는 방식이다. 질질 끌면서 이런 얘기를 하는 것은 그의 시가 독자를 구하지 못하는 이유를 내 식으로 설명해보자는 뜻이다.

　박세현을 아는 사람은 동의하겠지만 그의 인상은 추상적
이다. 얼굴의 조형 자체가 비구상이라는 뜻이다. 한두 번 보
고 그를 기억하기란 쉽지 않다. 그만큼 미미하다. 인상에 남
을 만한 관상학적 특징이 없다. 생김새에 특징이 없다는 사
실은 행운이 아니다. 인생은 면을 세우는 작업이다. 면이 무
특징이라는 것은 옐로카드를 받고 시작하는 출전선수와 같
다. 박세현은 자신을 비공식적인 인간이라 말한다. 나는 그
의 의견에 동의한다. 하이 파이브. 비공식은 공식적인 자리
에 자신의 자리가 없다는 말이다. 자기 자리를 비우는 일이
기도 하다. 자신을 급진 우파, 급진 좌파라고 정의하는 것도
그를 이해하는 참고점이 된다. 평균 안에 있는 견해들을 부
인하고 있는 것이다. 예를 들면, 어떤 문필인의 시가 정직하
다는 평이 있다고 치자. 그는 지체 없이 거기에 대해 반박한
다. 시와 시인을 같은 통속으로 퉁치는 이론은 도대체 문학
에 대해 무얼 말해줄 수 있겠는가. 이것이 박세현의 지론의
하나. 문학의 정직은 언어적 디자인일 뿐이다. 이런 얘기를
또 설명할 장소가 있는지는 모르겠으나 이 정도 해두겠다.
내가 박세현이라는 개인에 대해서 규정하는 말은 어차피 나
의 관점에 불과하다. 그는 늘 이곳이 아닌 다른 데를 쳐다보
고 있는 인간이다.

박세현을 만나고 온 이후 며칠은 아무것도 하지 않았다.

나는 할 일이 없는 사람이다. 그러니 나의 말은 군더더기 말이다. 자신을 난민으로 규정하는 시인의 말에 나는 웃는다. 이것은 연민일까. 부인하기 어려운 동류의식은 나의 것이다. 그는 난민의 순간을 살아내기 위해 시를 쓴다고 했다.

나는 이렇다 할 무엇 없이 시를 쓰면서 늙어왔다. 나에게도 남은 시가 있는가 싶다. 그렇지는 않다. 남은 시가 있기에 시를 쓰는 것은 아니다. 더 나아갈 지평이 없음을 내다보면서 쓴다. 기대 없음에 대해 쓰고 있다. 누구는 손이 식기 전에 글을 쓴다고 했는데 나는 식은 손을 데워가면서 시를 쓴다. 모순어린 애정이다. 시도 손에 익어버렸다. 자판에 손을 얹으면 나의 의지와 무관하게 자판이 눌리어진다. 내가 쓰는 것이 아니라 손가락이 알아서 쓴다. 작가의 뜻과 상관없이 제멋대로 떠들어대는 소설 속의 인물을 대하는 느낌이다. 시 쓰는 손과 헤어져야 한다. 나는 미련하게 쓰고 있다. 이 증상에 대해 더 해명하고 싶지 않다. 내가 만나고 온 박세현은 마치 내가 벗어놓은 그림자 같다.

누구에게나 불가피한 증상은 있다.

각자의 중상은 각자의 것이다. 나의 중상은 시를 더 써야 할 창작에 대한 동력이 남아 있지 않다는 사실이다. 시를 더 써야 할 불가피함이 없다. 그래서 쓰고 그래도 쓰는 나의 중상은 무엇인가. 지저분하고 누추하군. 이런 대목에서는 쓸쓸해진다. 그렇구나. 나의 쓸쓸함에는 나의 시가 그러하듯이 짚어볼 깊이가 없다. 나의 평생은 깊이를 제거해온 삶이 아니었을까, 싶다. 그렇든 저렇든. 오늘 또 하루를 라이브로 살아냈다.

오늘은 무얼 했지? 내 속에 있는 나에게 묻는다. 글쎄다. 나도 우물쭈물한다. 한 것이 없이 하루를 살았다. 할 것이 없는 하루를 살았다. 하고 싶은 것 없이 하루를 살았다. 그런 것 같다. 무호흡의 하루를 산 셈. 살지 않은 하루다. 그래도 된다. 아무 철학 없이 시간을 건너는 것도 삶이다. 삶은 삶이다. 양주시립 장욱진미술관 홈피를 검색했다. 한국 추상미술의 개척자들 전시가 있다. 언제 보지? 오늘은 분리수거일이다. 생수통, 생수통, 생수통. 배달음식 그릇, 그릇, 그릇. 무호흡의 하루는 아니었군. 나름 분망했다. 그 정도면 양호한 하루였다고 기억한다. 나는 꽤 흐뭇해졌다. 사실은

시도 좀 읽었다.
이승훈의 유고집 『무엇이 움직이는가』를 몇 쪽 읽었다.
이곳저곳을 넘기며 읽었다.

시인의 육성처럼 꼬물거리는 육필이 정다웠다. 전화 걸려오면 이승훈은 "나, 한대 李야"라고 말했다. 이승훈이나 이 교수보다 정직하다. 자기를 꼭 박사라고 호명하는 인류도 있다. "비오는 날 우산 쓰고 나간다. 갈 곳이 없다. 아파트 앞 슈퍼에 들러 도시락 여섯 개 산다. 햇반이 웃는다. 청년은

햇반을 비닐봉지에 넣는다. 검은 색이다. '한 장 더 싸주세요.' 청년은 돈을 받고 비닐봉지를 한 장 더 싼다. 비오는 토요일 문간에 아무렇게나 놓은 우산을 집는다. 집으로 온다. 아무도 없는 집이다. 아내는 어제 진주 가고, 오늘 온다. 비가 온다. 늙은이 나이가 70 반생이다." 시집 40쪽이다. 제목은 적지 않고 둔다. 그도 나쁘지 않은 일이다. 종내는 나도 이 시의 제목을 알아맞히지 못할 것이 뻔하다. 우선 제목을 '햇반'이라고 해두자. 그러나 잊자. 그래 잊자. 모두 잊자. 오늘은 종일 여름비가 내린다.

비오는 날은 모두 잊자.
이승훈 선생의 시에도 비가 많구나.
잊자.
시도 시인도
나도 너도.

나의 시는 자작극이다. 증상이다. 부작용이다. 오작동이
다.
　재즈피아니스트 셀로니어스 멍크가 연주 도중에 일어나
피아노 주변을 돌면서 덩실거리는 춤 같은 동작이
내게는 시다.

글렌 굴드의 허밍도 그렇고
키스 자렛의 허밍도 그렇다.
나의 시는 낮고 가벼운 누구의 허밍처럼
내 인생의 주변을 어슬렁거린다.

저녁 먹고 아파트 공원 등나무 아래 나무의자에 앉아서 비구경을 했다. 나의 간이 휴식처다. 아파트를 돌면서 산책할 수 있는 오솔길도 있다. 오늘은 비가 와서 비만 감상한다. 비는 바람결을 견디지 못하고 이리저리 휘어진다. 제자리를 찾지 못한 시구절 같다. 전화를 받는다. 모르는 목소리다. 누구신지요? 예술원 회원이기도 한 원로 소설가다. 내 책 『여담』을 잘 읽었다는 덕담을 하셨다. 그냥 그렇습니다, 그렇게 대답했다.

읽어주십사—회람용 책을 보냈지만 막상 누군가 읽었다고 생각하면 오싹해진다. 다 들키는 순간이다. 내심은 대충 읽었기를 바란다. 촘촘히 읽으면 남는 것이 없을 것이다. 나의 관견(管見)이자 믿지 못할 지론이지만 독자들이 시를 꼼꼼히 읽기 시작한다면 한국시의 절반은 사라질 것이다. 나머지 반도 수상하다. 정독을 견딜 수 있는 시들은 거의 없다. 그나마도 시인이 대충 쓴 시만 살아남을 것이다. 대충 읽었을 때만 시는 자기 체면을 유지한다. 그렇다. 시는 대충 쓰고 대충 읽어야 제맛이 난다. 나도 소략한 비평문자를 받을 때가 있다. 내 책을 잘 읽었다는 인사 문자는 오싹하다. 호평이나 비판은 문제가 되지 않는다. 어떤 관점이냐가 중요하다. 독후 문자는 발신인의 문학적 안목을 단적으로 드러낸다. 자신의 문학적 식견을 들키고 싶지 않다면 조심해야 한다. 남의 시를 촘촘하게 읽으면 난처한 상황이 발생할지도 모른다. 시집 잘 읽었습니다. 물론 이 문장은 아직 읽지 않았다는 의미도 은연중 포함하고 있다. 아무튼 더 깊이 읽게 되면 그 뒤는 보장할 수 없다. 그래서 남의 책은 건성으로 읽는 게 좋다. 각자 알아서 잘 하시기를. 항복하십시오. 내가 받은 회신문자의 백미다. 항복은 행복의 오타일 것이다. 오타를 가장한 진심일 것. 공허한 칭찬이나 공허한 비판은 모두 그것을 발설한 주인의 형편이다. 남의 책을 받고 할 수 있는 표준적인 나의 상용어구들.

(건성으로) 축하합니다.
잘 읽겠습니다.
표지가 좋습니다.
대박나길 바라겠습니다.
건필하십시오.
(나도) 항복하십시오.

12

요즘은 시를 쓰지 않고 있다.

그냥 그렇게 흘러가고 있다. 무슨 꿍꿍이가 있는 건 아니다. 평지를 힘 빼고 걸어가듯이 하루하루를 산다. 나의 시와 나의 삶이 어느 대목에서 잘 어울리기를 소망한다. 지금 나는 시도 없고 삶도 없는 시간을 살고 있다. 시가 쓰여지지 않는 것은 마땅하다. 이러다 시를 놓게 되면 어쩌나. 그것이야말로 행복이자 항복일 것. 우습다. 내가 대단한 소명의식으로 시를 쓰는 인간 같다. 노. 그런 것은 관심 없다. 내가 즐기는 문학적 노선은 그저, 그냥 쓰는 것이다. 손이 식으면 시는 거기까지다. 무얼 더 바래. 시에 대한 순결이나 대단한 자긍심은 수상하다. 그것은 구시대의 쓸쓸한 유산이다. 어쩌라구. 그건 언제나 댁의 사정이다. 나의 사정이 나의 사정이듯이 말이다. 이런 생각의 끝에는 화평의 깃발이 펄럭인다.

내가 나에게 묻는다. 그대는 어떤 시를 쓰고 싶었는가.

이런 질문은 존 윌리엄스의 『스토너』를 연상시킨다. 소설의 마지막 장면에서 영문학 연구에 헌신했던 스토너는 자신에게 묻는다. 넌 무엇을 기대했나? 너는 시에서 무엇을 기대했나? 무엇을 기대했나? 무엇을? 무엇을? 무엇을?

좋은 시를 쓰고 싶었고 좋은 시를 남기고 싶었을 것이다. 하나마나한 말이다. 내가 나에게 물었지만 나는 대답을 갖고 있지 않다. 좋은 시라는 기대는 철회한다. 좋은 시라는 평균적 잣대를 버린다. 문학적 기준을 작파한다고 해도 상관없다. 존 윌리엄스의 장편 『부처스 크로싱』에서 내가 그은 밑줄은 '서부는 너무 크고 텅 비었다'에 놓인다. 내가 속좁게 살아냈던 세상이 그랬고, 내가 타자해 온 시가 다시없이 그렇다. 시라는 것에 속은 듯한 생각은 지울 수 없다. 정확히는 시가 아니라 좋은 시라는 환상과 착각에 구속되면서 살았다는 뜻이다. 좋은 시라는 개념은 생뚱한 함정이었을 것이다. 좋은 시는 나를 구속했고, 나를 기만했다. 나도 시를 속이는 공범이었다. 그렇다면? 그렇다면 제대로 속아야겠지. 제대로. '진리는 소유하는 것이 아니라 찾고자 하는 욕망 속에서 경험될 뿐'이라는 문장에 밑줄. 누구 말이지? 다음에 찾기로 하고.

그래도 좋지 않았는가.

무엇이 좋았던가. 무엇엔가 붙들려 있다는 사실이 나를 지탱해주었다. 그것이 나에게는 문학이었고 시였다. 시는 뜬구름이었다. 나는 뜬구름을 뜯어먹는 기쁨으로 살아왔다. 이건 성공인가 실패인가. 시는 없는 것에 대한 환상이자 집착이다. 그것이 나를 살게 했다. 거기까지다. 그 이상은 아니다. 시를 쓴다고 했지만 나는 어떤 시를 썼던가. 그런 생각에 미치면 한심해진다. 환상은 다른 환상을 요구한다. 나는 무딘 창을 들고 환상을 찾아나섰던 시골 무사에 불과했다. 이름도 얼굴도 모르는 시라는 지명수배자의 몽타주를 손에 쥐고 일생을 떠돌았음이다. 이제는 그가 실존하는 존재가 아니라 문자 속에 스며 있는 환영임을 알겠다.

다시 묻는다. 나는 어떤 시를 쓰고 싶었는가? 다시 대답한다. 모르겠다. 모르는 채로 여기까지 왔다. 내가 궁리하는 답은 이것밖에 달리 없다. 그러니 내 시가 누군가의 눈에 닿을 여지는 없다. 당연하다. 닿았다고 하더라도 누군가의 눈에서 가슴으로 흘러가지는 못하고 사라졌다. 이것은 아쉬움이 아니라 차라리 감사다. 나의 문자공예품이 누군가의 가슴으로 흘러내린다는 사실은 내가 원하는 바는 아니다. 끔찍하고 한없이 미안한 일.

나는 단지 내 생각을 문자에 얹어보았던 것이다.

내가 읽고 싶었던 시를 썼다는 뜻이 된다.

그러므로 독자도 내가 된다. 일인용 시였던 것. 내가 솔직해졌다. 어디까지 솔직할 수 있는지는 장담하지 못한다. 내가 읽고 싶은 시를 썼다는 말은 사후적인 판단이다. 즉, 내가 내 시에 모종의 합리성과 정당성을 부여해보려는 시도가 되겠다. 지금 내가 쓰고 있는 시들이 그런 의미망에 포함된다. 가끔 박세현의 시를 읽으면서도 그런 생각을 강조하게 된다. 그의 시도 그런 길을 걷고 있다. 그에게서 문학적 연대감을 느끼는 까닭도 이 부근이다. 갑자기 나의 그림자 같은 박세현이 생각난다. 대신 그의 시 몇 편을 읽으면서 하루를 접는다.

13

요즘은 시를 쓰지 않고 있다.
('않고 있다'는 말을 주목한다.)

대신 나는 줄 없는 통기타를 두드린다.
딩동댕.

Am, C, F, G7 다시 Am로 진행되는 코드.
스무 살 때 내 가슴을 지나갔던 노래가 찾아와

나를 두드린다.

잊지는 않으셨을 걸요? 나를.

14

석유 등잔에 불을 밝힌다.
쓸모없는 인간.

밤기차가 화물 같은 추억 한 짐을 싣고 온다.
KBS FM이 겨울 아침 일곱 시를 발표한다.
첫 곡은 아서 벤자민의 Jamaican Rumba.

15

노골적으로 엎드린 외국 여자의 둥근 둔부 위에
SAMUEL BECKETT라는 글자가 대문자로 찍혀 있다.
낯선 페친들이 징징대는 페이스북 화면 위로
대충 찍은 포르노 같은 하루가 흘러간다.
VIDEO HOT.

정지아의 『아버지의 해방일지』를 읽었다.

집사람이 읽다 남겨둔 소설이다.

창비판 2023년 12월 9일 18쇄본이다.

간만에 조용하게 접한 포스트 모던한 소설이다. 한 페이지만 읽으면 다음 페이지를 읽을 사정이 생기더라. 소설의 마지막, 치명적으로 서글픈 장면을 필사한다. 별점 서너 개.

어머니와 나는 관망실에 앉아 아버지가 불태워지고 있는 화로를 지켜보았다. 먼지가 인간의 시원이라 믿었던 아버지가 지금 먼지로 돌아가는 중이었다. 어머니가 내 손을 꼭 쥐었다. 그러고는 내 귀에 속삭였다.

"아이, 쫌 대줄 것을 그랬어야."

한참만에야 대준다는 의미를 이해했다. 남사스러운 말을 뱉어놓고 어머니는 태연하게 눈물을 훔쳤다.

(…중략…)

평소라면 깔깔거렸을 터이나 아버지가 불타고 있는 상황에서 웃을 수도 없는 노릇, 나는 입술을 앙다물며 웃음을 참았다.

"아무리 그래도 화장하는데 할 말은 아니지 않아?"

자기가 생각해도 우스운지 어머니가 입꼬리를 올리며 비식 웃었다. 눈에는 눈물이 그렁그렁한 채로.

"긍게이. 이상허지야. 여개 앉아 있웅게 자꼬 그날 생각이 나야. 쫌 대줄 것을…… 나 아픈 중 빤히 아는 사램이 자개도 오죽허면 그랬을랑가 싶고야……."

오십년 가까이 살아온 어머니도 아버지의 사정을, 남자의 사정을, 이제야 이해하는 중인 모양이었다. 나 또한 그러했다. 아버지는 혁명가였고 빨치산의 동지였지만 그전에 자식이고 형제였으며, 남자이고 연인이었다. 그리고 어머니의 남편이고 나의 아버지였으며, 친구이고 이웃이었다. 천수관음보살만 팔이 천개인 것이 아니다. 사람에게도 천개의 얼굴이 있다. (246~248쪽)

독후 서평: 요즘 대한민국 자칭 좌파와 자칭 우파들에게.

좌파는 우파에게 쫌 대주고, 우파도 좌파를 쫌 빨아주면 좋을 것을……

뒷구멍에서 그렇게들 하고 있겠지만. 긍까 남한밍극이제.

"그랗게 남한의 후진 민주주의는 날마다 징그러운 장마당이지라." (어떤 홈리스의 인용)

비오는 날이 계속된다.

연속 상영이다.
전두엽에서 빗낱이 튀어오른다.
오감이 열린다.
보고 듣고 젖고 있으면 된다.
시는 쓰여지지 않고 체내에 습도만 쌓인다.
시가 쓰여져야 할 이유가 있는가.
없다.
내 답은 단칼이다.
시는 쓰여지지 않아도 세계평화는 유지된다.
(시인들은 왜 파업하지 않는가.)
우기의 여름밤에는 와인을 마셔야겠다. 마침 와인이 없군.
(그러면 그렇지.) 시도 이렇게 한 발씩 지체된 걸음이다.
농담삼아, 장난삼아, 헛일삼아 비오는 밤을 도와서 해산한
빗소리듣기모임 긴급총회를 소집하기로 한다. 밤은 조금 늦
었지만 참가 희망자는 예상을 넘어섰다. 이번엔 개인보다 단
체가 많은 것이 특이점이다. 이것은 실제 참가자와는 같지
않을 것이다(폭우로 인해 모임은 취소되었지만 애정을 가지
고 신청해준 개인과 단체에 고마움을 전한다).

참가 신청 개인 및 단체

목성종말문학회
노원무인모텔연합회 대표
기득권 소멸을 위한 조찬 기도회
주 3일 복무 추진 청년 대표
화요일 두 시 중랑천 걷기 모임
양아치성공자모임 미주 대표
반정부시위대행용역 행동대원
신춘문예폐지 반대 피켓시위자 1명
가짜뉴스 집필 전문기자
태극기 그리기 체험본부장
교수형 부활 및 조력자살 입법준비위원(가칭)
서울동북지구 전과자 모임 간사
남한민주주의 재설정 손전등연대 회원
밀란 쿤데라 타계 반대 성명서 초안 작성자
돌봄노동자 처우개선 집단행동 공동대표
노벨문학상 유치 활동위원회 문필인 대표

출간 당일 중쇄를 찍었다는 화제의 첫 시집
임유영의 『오믈렛』
1986년생. 한국예술종합학교 미술이론과 졸업
　자신이 존재한다는 사실을 스스로에게 알려주어야 했기
때문에 (시를) 썼다고.

좋겠다.

1쇄를 넘기지 못한 시집 『날씨와 건강』이 나를 돌아본다.
1953년생. (구)관동대학교 국어교육과 졸업.

미안하다.
미안하다.

나는 상상력이 싫다.
상상력으로 쓰여진 시를 혐오한다.
개코같은 소리들.

(개들이 화내겠다.
퇴고시 삭제할 수도 있다.
이 문장의 소임은 그러므로 여기까지다.)

창문을 열면 산이다.

불암산.

해발 508미터.

소담한 자존심을 지키는 바위산이다.

정상 옆 봉우리에 헬기장이 있고 정자도 있다.

그 코스가 대개의 내 산책루트다.

오른쪽으로 고개를 돌리면 멀리 잠실타워가 눈에 들어온다. 타워가 잘 보이면 미세먼지 좋음이다. 조금 왼쪽으로는 보이지는 않지만 다산 신도시나 하남시가 될 것이고 그 사이에 미사리가 있을 것이다. 그 너머에 버티고 있을 검단산. 박사수업 들을 때 검단산에 오른 적이 있다. 노교수가 검단산 정상에서 고전문학 산상강의를 했다. 길을 잘못 들어 팔당으로 내려갔다가 '이 길이 아닌가봐' 하면서 다시 올라온 일도 있다. 정상에 선참한 동학들이 껄껄거리며 말했다. 길 잘 보고 오라 그랬잖어유. 맞는 말이네. 남들이 행복하라고 충고할 때 행복했어야 했다.

내가 사는 곳은 서울 동북부 불암산 밑이다.

여기는 서울의 끝. 여기도 서울이다. 이곳에 사는 것을 수

줍어하는 인류도 있다. 나는 그런 사람의 순수가 좋다. 아빠, 여긴 서울이 아니고 경기도야. 그렇게 말하던 고삐리 아들도 불혹에 다가섰다. 노원구 만세. 비안개가 불암산 꼭대기를 다 덮었다. 산중턱에 미치지 못하는 곳에 절이 보인다. 절집이 산을 격조 있게 만들기도 한다. 저기 사는 스님도 다 자기 사정이 있을 것이다. 멀리는 숨지 못하고 전기 들어오고 자동차 들어가고 와이파이 터지는 곳에서 벌이는 영적 사업은 복이다. 대은(大隱)은 시장통에 숨는다고 했던가. 골방에서 인형눈알붙이기를 하듯 노트북을 두드리는 나는 누구의 하청인가.

각자 절절한 방식으로 각자 절절하시라.

이쯤에서 내가 쓰는 소설은 방황한다.
여기서 멈출 것인가 더 나아갈 것인가.
정해진 견적이 없기에 전진하는 방향도 없다.
이래서야 소설이 될 수 없다.

'그래 가지고'와 같은 재래식 서사(이 말은 왜 이렇게 거부
감이 드는 걸까)에 얹혀서 흘러가야 되는데 내가 쓰는 소설
에는 그것이 없다. 없는 채로 '그래 가지고'를 밀고 간다. 적
당한 성공보다는 제대로 실패하는 게 옳겠지만 '이건 보나마
나 실패'라고 주절거리면서 나아간다. 어디로? 어딘 줄 모르
는 그곳. 서사는 허황될수록 울림이 크다. 핍진성 같은 것은
문장으로 구현되지 못한다. 단지 핍진하다고 믿어버리는 문
학적 신념들이 지원되고 있다. 그러니 허구적, 작위적, 구성
의 파탄, 정리되지 않은 문체 따위의 토론은 흔히 말하는 세
상적 진실을 가리키지 못하기 일쑤다. 문체는 뭐야? 그거 장
식 아닌가. 문체가 세계를 인식하는 언어의 지문이라고? 나
는 좀 다르지만. 그도 일리 있는 말이다. 현실은 그 자체로
허구의 덩어리다. 허구를 다시 허구로 꾸미는 일은 식은 커
피를 한 번 더 식혀서 마시는 것과 다르지 않다. 재구성, 재
포장, 재생산, 재회, 재탕. 세속에 살지만 세속을 벗어나고 싶

은 '견딜 수 없음'이 문학의 꿈이다. 가출하고 싶은 충동이 출가정신(법정)이듯이. 그러니까 이 소설은 나의 문학적 가출의 행로가 될 것이다. 어디로 가지?

테이크아웃 커피를 들고 뻔하고
엉성한 하루치 내 소설의 한 단락을 살겠다.

200자 원고지 한 장을 다 채우지 못하는 삶.
그러면서 나는 여기 있다.

22

어느 날 나는 '흐린 *酒店*'을 나와서 걸었다.

그곳이 어딘지 요즘 말로는 특정하지 못하겠다.

서울거리야 다 거기가 거기니까 거기가 어디인가는 그닥 중요하지 않다고 나는 생각한다. 거리에는 당대 즉 지금 이 순간을 살고 있는 배역들이 배역에 맞는 의상과 표정을 지으며 흘러간다. 사람들은 꿈꾸듯이 인연 따라 흘러간다. 그 모습이 꿈속 같다. 영화의 한 장면 같다. 진부한 표현이지만 임시로 이렇게 쓴다. 낮의 분명함이 가려놓았던 거리의 모습이 밤에는 소곤대며 눈을 뜬다. 나는 그런 거리를 걷는다. 나는 대본에 없는 인물이다. 시간은 자정 근처. 다들 주무시겠지. 왜냐하면 주무셔야 하니까. 오늘도 걷는다(마는). 정처 없는 이 발길. 낄낄낄.

빗방울이 듣기 시작한다.

나쁘지 않다. 비오는 밤거리는 아름답지 아니한가.

不敢請 固所願.

(이 말을 가르쳐준 사람도 불감청의 신기루였음이다.

보고 싶을 때마다 고소원,

그러나 불감청)

'사실, 파리는 비가 올 때 가장 아름다워요.'

우디 앨런의 영화 'Midnight in Paris'에 나오는 대사다.

번역하자면 '오밤중의 파리'. 비가 내리면 아름답지 않은 도시는 없다.

시골은 더 그렇다. 그러니 아름답다는 개념은 도시의 문제가 아니라 비라는 기상현상에 있을 것이다. 주점을 나와 걸고 있는 동네는 서울의 끝 노원구 상계역 앞 뒷골목이다. 옆골목이 더 정확하다. 술집들로 붐비는 이 거리는 언뜻 약식으로 만든 태국 키오산로드를 연상시킨다. 태국에 가 봤는가? 아니다. 그러니 그럴수록 내 상상은 더 리얼해진다. 지옥이 그렇고 천국이 그렇듯이. 하루의 생업을 끝내고 전철에서 내려선 청춘들이 생맥주잔을 기울이면서 하루치 삶에 대해 토론하는 거리다. 약간의 비를 맞으며 걷는 이 거리가 굳이 상계동일 이유는 없다. 뉴욕이라도 좋다. 리스본도 좋고 하얼빈도 좋다. 오사카도 좋고 여수 밤바다도 가능하다. 종로도 좋고, 주문진이나 영진항이라도 좋다. 좋다. 좋다. 좋다. 비 오는 밤이 연출하는 풍경이면 거기가 어디든 내 상상의 축제다.

오늘은 여기까지 쓴다.

내일은 이어서 써볼 생각인데 글이 잘 펼쳐질지는 모르겠다.

필자도 모르는 일이다.

필자는 신이 아니거든.

신의 코스프레를 하는 작가는 제외.

23

긴 밤 지새우고
풀잎마아다 맺힌
진주우∨보다 더 고오∨운
아침∨이슬
처∨어∨럼

지하 노래방에서 계단을 타고 꿍꿍대며 올라와 내 귀를
적시는 노래다. 저 노래를 아는 사람. 그는 아마도 나와 비
슷한 시기에 탯줄을 버린 인류일 것이다. 불발된 화염병을
주물럭거렸거나 삼등기차를 타고 동해안에 군용 텐트를 치
고 필터 없는 담배를 빨며 통기타를 두드리면서 1970년대라
는 헛꿈에 시달리며 저 노래를 불렀을 것이다. 이제는 뒷방
이겠지만.

나∨이제 가노라
저 거친 광야에
서러움 모두 버리고
나∨이제 가노라

스무 살 그때 저 거친 광야는 시베리아나 고비 같은 사막

이라고 짐작했다. 그곳이 종로나 광화문이 될 줄은 몰랐다. 그저 청춘들의 외로운 희망가 정도로 듣고 불렀다.

지금도 생각은 변함이 없지만 이제는 부르지 않는다. 저 노래를 부르던 내 가슴은 사라지고 없다. 오늘은 가슴 어딘가가 두근거린다. 긴 밤 지새우고 풀잎마다 맺힌. 긴 밤은 숏타임보다 비싸다. 사창가에서 자신의 동정을 숏타임으로 버리던 1970년대 청춘들. 한낮의 찌는 더위는 나의 시련일지라. 기후이변으로 이제는 찌지 않는 날이 없다. 늘상 불볕더위다. 계단을 타고 올라오던 '아침이슬'은 더 이상 들리지 않는다. 노래를 마친 가수는 엎드려서 조금 울고 있을지도 모른다. 그의 꿈속에선 조국근대화가 진행 중인 1970년대가 흐린 강물처럼 흘러간다. 그는 여전히 50년 저쪽 1970년대를 살고 있을 것이다. 오늘밤은 1970년대 골목길을 지나간다. 나도 소심하게 살았던 거리. 다들 잘 있겠지. 이상희의 시 「잘 가라 내 청춘」의 한 줄이 간이역처럼 스치고 지나간다.

가죽처럼 늘어나버린
청춘의 무모한 혓바닥이여.

장편소설을 쓴다면서 주춤거린다.

엄두가 나지 않는다. 장편이라니. 도대체 글자판을 얼마나 두드려야 장편소설이 되는 것인가. 가늠이 되지 않는다. 내가 궁리하는 장편은 하나도 빠짐없이 모두 쓰는 것을 말한다. 하루의 이야기를 쓴다고 하면 눈 뜨고 잠자리에 들 때까지의 모든 동작과 상황과 대화를 다 써야 한다. 생략과 비약과 상상은 문학적으로 부도덕하다. 곧이곧대로 써야만 한다. 그래야 소설에 충실하게 된다. 삶의 진실에 충실하게 된다. 예를 들겠다. A는 커피를 마신다. 문장은 평범하지만 여기에는 무수한 순간들이 녹아 있고 그것들은 거의 폭력적으로 생략되어 있다. 그걸 독자들이 감안해야 한다. 그걸 독자는 넘겨짚어야 한다. 대충. 아니 자기 식으로. 자기 경험칙에 꿰어맞추면서 이해해야 한다. 그러니 이해는 얼마나 황당스러운가. 이해하시겠어요?—이런 질문 받을 때마다 난감하다. 소설을 쓰는 일은—읽는 일도 황당한 작업이다. 각자가 설정한 이해의 각도에 맞게 받아들이는 일이겠지.

돌아가신 아버지
친히 꿈속에 오셔서 말씀하시었다

아들아, 늙은 아들아
사후세계는 없단다
안심하고 살거라

밀란 쿤데라가 죽었다.

추모하는 뜻으로 쿤데라 주간을 설정하고 그의 소설을 읽으려니 서가에 당장은 그의 책이 보이지 않는다. 책은 다른 곳에. 대신 아리안 슈맹이 쓴 『밀란 쿤데라를 찾아서』를 읽는다. 그의 소설을 번역 출판하려고 국내 편집자가 프랑스에 갔을 때 그는 자신의 아파트에서 번역에 관한 지침을 꼼꼼하게 말했다고 한다. 후발국의 편집자 교육으로 보인다. 소설에는 어떤 해설도 붙이지 말라고 당부했고, 사진찍기를 요청한 아시아 편집자의 부탁을 일언지하에 거절한 사실도 기억에 남는다. 작가 같은 작가가 사라졌다.

"쿤데라 씨, 당신은 공산주의자인가요? 아뇨,
나는 소설가입니다."

"밀란 쿤데라는 레인코트를 벗고 머리에 쓴 모자를 탁자 위에 내려놓았다. 지금은 1980년, 이 체코 작가가 첫 번째 세미나를 하는 날이다. 장소는 파리의 파시 지구, 드 라 투르 가街의 어느 고급 란제리 부티크 근처다. 당시 세미나에 참여했던 거의 모든 학생이 그곳을 기억하고 있다. 십여 년이 넘는 기간 동안 쿤데라는 이 사회과학 고등연구원에서 40여 명의 특혜 받은 학

생들을 대상으로 자신이 선별한 문학 위인들에 대한 세미나를 열었다."(아리안 슈맹, 105쪽)

세미나에서 어떤 얘기를 했는지 모르지만 저 문장만으로도 충분하다. 제자는 없어도 예찬자들을 가지고 있으니 그는 행복한 소설가였다. 쿤데라의 '자발적 실종'에 덧붙일 리플은 없다. 그의 선택은 옳았을 것이다.

27

박세현은 빛바랜 바바리코트를 벗고 들고 온 허름한 가방을 탁자 위에 내려놓는다.

지금은 2023년. 그가 창작 세미나를 여는 날이다. 장소는 서울 동북부의 한 문화센터 2층. 30여 명이 앉을 수 있는 좌석이 마련된 수수한 공간이다.

박세현은 창밖을 내다본다. 세미나의 주제는 비공개다. 세미나 참석자는 보이지 않는다. 아직 시간이 되지 않았다. 공지된 세미나 시작 시간이 되었다. 5, 4, 3, 2, 1. 5분이 지나고, 또 5분이 지나고, 다시 5분이 지나고, 다시 또 5분이 지나갔다. 더 기다려보기로 한다. 몇 사람이라도 오겠지. 지각하는 사람도 있겠지. 그날 세미나실로 들어선 사람은 없었다.

박세현은 가방에서 책을 꺼내고 읽기 시작한다. 이 상황의 난감함을 모르는 척 하는 자신을 모르는 척 하기라도 하는 듯이. 그가 펼친 책에는 글자가 없다. 백지다. 그는 눈으로만 읽어나간다. 시도 있고 단편도 있고 잡글 혹은 막글도 있다. 이도저도 아닌 글들의 향연. 그가 읽고 싶은 글들이 거기에 있다. 장르와 인연 없는 순 양아치 같은 글들. 그는 다시 책을 가방에 집어넣고 빛바랜 바바리코트를 걸치고 세미나실을 나선다. 오후 세 시쯤 되었을까. 애매한 시간 속으로 한때 시인인 척 했던 박세현은 사라진다. 총총.

28

비가 내린다.

긴 우기다. 페이스북을 뒤적거리다가 집을 나섰다.

시간은 자정이 가까워졌다.

쓰지 않고 버리는 시간이 지나간다.

시간도 저축할 수 있어야 한다.

20대의 시간, 30대의 시간, 60대의 시간 등등. 오늘은 스물두 살 때 감춰두었던 시간을 찾아 써야겠다. 젊은 날의 시간이라 뜨겁고 싱싱하군. 쓸데없는 잡념을 우물거리며 역시 나의 카오산 로드를 산책한다. 싱싱한 맥주 거품이 부풀어 오르는 거리. 오늘은 끝까지 걸어보리라. 끝까지. '시인이 된다는 것은' 밀란 쿤데라의 시처럼

끝까지 가보는 것
행동의 끝까지
희망의 끝까지
열정의 끝까지
절망의 끝까지

가보는 것이다.

끝까지. 오늘은 상계역 앞 카오산 로드 끝까지.

그러나 나의 카오산 로드는 10분도 되지 않아 끝이 난다.

끝까지라는 용례에는 어울리지만 그건 끝이 아니다. 마치 내가 쓴 시의 전개와 같다. 끝까지 가면 부서질 것 같아서. 끝에서 당면하게 될 정체 모를 두려움 때문에 여기까지만 가자고 타협해온 과정들. 그게 나의 시였다. 극단까지 가 본 시인을 떠올려 본다. 누구지? 극단에 가 본 것이 아니라 아예 처음부터 극단을 살았던 시인. 그 임자는 이상이다. 그는 절망의 끝까지 간 것이 아니라 아예 절망의 한가운데를 살았다. 스물세 살이오.―삼월이오.―각혈이다(「逢別記」). 그렇게 극단을 살았던 것. 나의 키오산 로드처럼 짧은 그의 삶과 문필은 모두 극단과 만난 극단의 시다. 극단이 없는 시는 시 부근이다. 시의 근사치! 나는 이렇게 나를 실토한다.

새로 개업한 치킨집을 지나는데 젊은이들의 요란한 함성이 술집 밖으로 터져나왔다. 작은 산 하나가 무너지는 듯. 맥주잔에 묻어버리는 저들 파도 같은 웃음의 끝, 희망의 끝, 열정의 끝, 절망의 끝이 느린 빗줄기 속에서 튕겨오르다가 사라진다. 내게서 빠져나간 것들을 뒤로 하면서 걷는다. 치킨집을 지나고 또 치킨집을 지나고 또 다른 치킨집을 지나간다. 소강국면이던 빗줄기가 조금씩 굵어진다. 조명이 갑자기 어두워진 카오산의 끝골목으로 접어든다. 불과 몇 걸음 차이지만 이 골목은 카오산과 표정이 다르다. 한산하다. 동시대의 격차. 빗속에 비추어진 거리는 다소 비현실적으로 보인다. 원근도 명암도 흐리게 지워진다. 그때 골목 끝 저편에 지등(紙燈) 하나가 눈에 들어온다. 멋을 부린 등은 아니고 소박함 그대로다. 모양도 사각형의 등이다. 등의 겉에 쓰인 서툰 캘리체로 쓴 제비라는 글자가 눈에 들어온다.

진기한 발견을 한 듯이 나는 '제비' 앞에서 한참 서 있었다. 문학물을 먹은 자들에게 제비는 흥부의 제비가 아니다. 그것은 이상이 열었다는 다방 이름이다. 1933년부터 2년간 운영했다고 전한다. 지금은 설로만 전해오기 때문에 실감은 더 구체적이다. 거기 가면 당대의 모던보이들을 만날 수 있을 것이다. 눈앞의 제비가 이상의 제비가 아닌 줄 알면서 제비의 출입문을 밀었다.

다방 안은 어둑했다.
일부러 조명을 낮추어놓은 것 같았다.
실내에 앉아 있는 사람들의 얼굴이 쉽게 식별되지 않는 조명이다.

술집 내부는 엉성하게 꾸며놓은 연극 무대 같다. 들어서면서 오른쪽에 주방을 겸한 카운터가 보이고 그 맞은편에 테이블 다섯 개쯤 눈에 들어온다. 두어 개 더 보이는 듯 도 했다. 여나믄 명은 더 받아들일만한 공간이다. 저쪽 구석 그러니까 입구로부터 제일 먼 곳에 빈자리가 보여 나는 거기

를 찾아 앉게 된다. 다방 안을 한꺼번에 관망할 수 있는 위
치였다. 듬성듬성 낮은 목소리들이 들려왔다. 그럴려고 그런
것은 아니지만 나는 그 장면을 보게 된다. 놀라지 마시라.
거기에는 이른바 구인회 동인들이 앉아서 1930년대식 담소
를 나누고 있었던 것이다. 눈에 띄는 인물은 이상, 김유정,
박태원, 이태준이었다. 정지용과 이효석은 보이지 않았다. 김
기림도 결석. 사정은 모르겠다. 이상은 한 열흘 쯤 깎지 않
은 수염을 달고 있었고 생각보다는 말수가 적은 편이다. 그
날만 그랬는지 어떤지는 알 길이 없다. 박태원은 사진에서
흔히 보아왔던 헤어스타일과 동그란 안경을 쓰고 있다. 그
중 모던해 보이는 스타일을 취하고 있다. 김유정은 과묵한
한복 두루마기. 이태준은 양복. 나름 점잖게 보인다. 이런
관찰은 한순간 나의 직관에 찍힌 인상이기에 사실과 다르
기 쉽다. 왜곡이거나 오인이라도 이해되어야 한다. 잠깐, 그
냥 지나갈 뻔 했는데 이상의 무릎 위에는 달랑 여자가 앉아
있었다. 이상의 뮤즈 금홍. 이 풍경은 나에게 과장과 괴기로
보였다. 문학사에 떠도는 풍문과 눈앞의 현장은 잘 호응하
지 않아서 자못 어색하다. 이 어색한 자연스러움은 뭔가. 영
화 속의 배우를 일상 속에서 부딪쳤을 때와 같은 간극을 경
험하는 순간이다.

 정확한 것은 아니지만 동인지 발간에 대해 의논하는 것
같았다. 역시 이것은 틈입자의 추론이다. 이런 역사적인 픽
션 속에 포함된다는 것만으로도 두근거리는 일이 아닌가.

더 바랄 것이 없고 더 궁금한 것도 없다. 저 장면은 1930년대 문학의 한 모서리를 재연하는 장면이다. 그들은 가끔 웃고 가끔 침울했다. 동인지 제호는 『시와 소설』. 의견은 주로 이상과 박태원이 제안했고 이태준은 추인하는 표정을 지었다. 김유정은 계속 말이 없다. 그가 입은 두루마기는 누추해 보였지만 희미한 조명은 그런 것을 밝혀줄 정도는 아니다. 그렇게 보고 싶은 시선은 나의 독서관념이다. 어두운 실내와 그의 무거운 침묵이 겹쳐져서 내 판단은 더 실감이 났을 것이다.

이상이 손가락에 담배를 끼고 자리에서 일어나 자신의 「오감도 1호」를 낭독하기 시작한다. 13인의아해가도로로질주하오. 이상이 첫줄을 읽자 다음 줄 괄호 안의 문장은 다같이 합창한다. (길은막다른골목이적당하오.) 그리고 각자 동의의 박수를 친다. 이상은 계속 시를 낭독한다. 제1의아해가무섭다고그리오. 제2의아해도무섭다고그리오. 제3의아해도무섭다고그리오. 제4의아해도무섭다고그리오. 제5의아해도무섭다고그리오. 제6의아해도무섭다고그리오. 제7의아해도무섭다고그리오. 제8의아해도무섭다고그리오. 제9의아해도무섭다고그리오. 제10의아해도무섭다고그리오. 제11의아해도무섭다고그리오. 제12의아해도무섭다고그리오. 제13의아해도무섭다고그리오. 13인의아해는무서운아해와무서워하는아해와그렇게뿐이모였소. 여기까지 읽자 그 다음 괄호 속은 다같이 합창한다. (다른사정은없는것이차라리나았소.)

다시 이상이 나머지 부분을 읽어나간다. 다른 사람들은 고개를 숙이거나 젖히거나 팔짱을 끼거나 상체를 뒤로 젖히고 듣는다. 눈을 감은 사람도 있고 눈을 크게 뜬 사람도 있다. 그중에1인의아해가무서운아해라도좋소. 그중에2인의아해가무서운아해라도좋소. 그중에2인의아해가무서워하는아해라도좋소. 그중에1인의아해가무서워하는아해라도좋소. 여기까지 읽었을 때 모두들 자리에서 일어나 서로 손을 잡고 외친다. (길은뚫린골목이라도적당하오.) 그 시행을 한 번 더 반복했다. 다시 한 번. 다시 한 번. 다시 한 번. 끝없이 흘러가던 둔중하고 침울한 코러스 같은 낭독이 그쳤다. 13인의아해가도로로질주하지아니하여도좋소. 듣고만 있던 나는 나도 모르게 기립박수를 쳤다. 오오래 전, 강원도 원주의 한 술자리에서 문학평론가 홍정선이 낭독하던 김소월의 「초혼」 이후 내 마음을 깊게 흔드는 낭독이었으리라.

"시를 좋아하시나요?"
내 테이블 앞으로 다가온 금홍이 말했다.
"그런 편입니다."
내가 우물거리며 말했다.
"합석하실까요?"
그렇게 말하는 금홍은 내가 상상한 인상보다 수수했다. 목소리는 다소간 중성적이었다. "맘에 드시오?" 내가 금홍에게 눈을 붙이고 있자 이상이 개구진 표정으로 말했다. 건너편에서 나를 관망하고 있던 일행들이 껄껄껄 합창으로 웃었다. 좌중에서 누군가 말을 꺼내 내게로 던졌다. "이쪽으로 오시오." 그렇게 해서 나는 구인회 멤버들과 합석을 하게 되었던 것이었던 것이다.

합석 이후의 실황은 다음으로 미루어야겠다.

생각을 좀 정리할 시간이 필요하다.

29

쓸모없는 인간 A: 바람이 부는군.

쓸모없는 인간 B: 바람이 부는군.

쓸모없는 인간 A: 오랜만이야.

쓸모없는 인간 B: 오랜만이야.

쓸모없는 인간 A: 따라하지 말고.

쓸모없는 인간 B: 따라하지 말고.

쓸모없는 인간 A: 미치겠군.

쓸모없는 인간 B: 미치겠군.

쓸모없는 인간 A: 저기 누가 온다.

쓸모없는 인간 B; 저기 누가 온다.

쓸모없는 인간 A: 누구지?

쓸모없는 인간 B: 누구지?

쓸모없는 인간 A: 초개 시인이시구나.

쓸모없는 인간 B: 초개 시인이시구나.

쓸모없는 인간 A: 저 분이 오시다니.

쓸모없는 인간 B: 저 분이 오시다니.

쓸모없는 인간 A: 따라하지 말라니까.

쓸모없는 인간 B: 따라하지 말라니까.

쓸모없는 인간 A: 저 분이야말로 시인이지.

쓸모없는 인간 B: 저 분이야말로 시인이지.

쓸모없는 인간 A: 나는 초개를 읽었지.

쓸모없는 인간 B: 나는 초개를 읽었지.

쓸모없는 인간 A: 옛날 얘기지.

쓸모없는 인간 B: 옛날 얘기야.

쓸모없는 인간 A: '평균율'이었을 거야.

쓸모없는 인간 B: '평균율'이었을 거야.

쓸모없는 인간 A: 대학교 1학년이었을라나.

쓸모없는 인간 B: 그 후에도 읽었을 걸.

쓸모없는 인간 A: 표지에는 세 남자가 그려졌지.

쓸모없는 인간 B: 표지에는 세 남자가 그려졌지.

쓸모없는 인간 A: 마종기, 황동규, 김영태.

쓸모없는 인간 B: 마종기, 황동규, 김영태.

쓸모없는 인간 A: 그런 시인들이 있었지.

쓸모없는 인간 B: 그런 시인들이 있었지.

쓸모없는 인간 A: 그분들의 시를 읽었어.

쓸모없는 인간 B: 그분들의 시를 읽었어.

쓸모없는 인간 A: 국민학생이 국어책 읽듯이 줄줄.

쓸모없는 인간 B: 초등학생이 국어책 읽듯이 줄줄.

쓸모없는 인간 A: 그냥 읽었어.

쓸모없는 인간 B: 마종기의 『조용한 개선』 초판을 가지고
　　　　　　　　　　있지.

쓸모없는 인간 A: 「연가」가 생각나는군.

쓸모없는 인간 B: 전송하면서
　　　　　　　　　　살고 싶네

(한 줄 띄우고)

죽은 친구는 조용히 찾아와

봄날의 물 속에서

귓속말로 속살거리지

죽고 사는 것은 물소리 같다

쓸모없는 인간 A: 지금 몇 시야?

쓸모없는 인간 B: 지금 몇 시야?

쓸모없는 인간 A: 바람이 그쳤어. 어두워지는군.

쓸모없는 인간 B: 바람이 그쳤어. 어두워지는군.

쓸모없는 인간 A: 입 다물고 싶다.

쓸모없는 인간 B: 입 다물고 싶다.

쓸모없는 인간 A: 꿈에서 깨어나고 싶어.

쓸모없는 인간 B: 그러시게.

쓸모없는 인간 A: 무식하게 울고 싶다.

쓸모없는 인간 B: 그러시게. 더 무식하게.

30

금년 장마의 끝물인 듯 비가 뿌리다 말다 하는 당현천을 걸었다.

쓸모없는 인간.
쓸모없는 인간.
쓸모없는 인간.

실개천 물소리는 까맣게 잊었던 과거를 불러오기도 한다. 잊은 줄도 몰랐던 아슴한 시간들이 불려올 때도 있다. 비를 맞으며 당현천 리듬에 맞추어 걷는 것으로 부족한 게 없는 날이다. 충분한 인간. 빌 에반스의 피아노 솔로에서 즉흥연주 같은 당현천 물소리가 몸에 스며온다. 개천변에 세워진 누각 당현루에는 선참한 경로 두 명이 앉아 있다. 그들은 말이 없었다. 토론과 설명과 주장과 이해와 판단이 지나간 뒤안의 적요다. 분분한 의미와 해석이여, 제발 입을 다물라.

'내가 이렇게 외면하고'(백석) 우기의 당현천을 걸어가는 것은 아무것도 궁금하지 않기 때문이다. 머리를 들어낸 사람처럼 생각 없이 허공을 걷는다. 아무 구름에나 깃들면 된다.

내일은 고도(孤島)가 온다고 했지.
4호선 전철을 타고 온다고 했던가.

31

그날 제비다방의 실황 후편을 전해야겠다.

이렇다 할 첨삭 없이 그날의 대화를 기록한다.

읽으면서 적당히 속아주는 분들과 우정을 나누고 싶다.

"박선생이라고 했지요? 잘 오셨소. 우린 이렇게 더러 만나지요." 박태원이 말했다.

"이런 형식으로 뵙게 되어 큰 영광입니다. 선생님들." 내가 말했다.

"영광은 무슨. 시를 쓰신다고요?" 이태준이 말했다.

"네. 말씀들 낮추시지요." 내가 말했다.

"어떤 시를 쓰시나요?" 이상이 말했다.

"사실은 저도 이 선생님 같은 시를 쓰고 싶었습니다." 내가 말했다.

"남조선에서는 어떤 시가 쓰여집니까?" 이상이 말했다.

"뭐, 이런저런 시들이 열심히 쓰여지고 있습니다." 내가 말했다.

"시는 그렇게 흘러가는군요." 이태준이다.

"「오감도」를 발표하고 곤욕을 치르셨다지요?" 내가 말했다.

"촌스러운 해프닝이었지요." 이상이다.

"곤욕당해도 싸지요. 문학적 개수작이니까요." 박태원이다.

"박태원 형과 이태준 형도 공범이지요." 이상이다.

"이 선생님 작품 연구가 많이 이루어졌습니다." 내가 말했다.

"뭘 연구씩이나. 듣자니 「오감도 1호」의 13인의 아해에 대한 의견들이 구구하다면서요." 이상이다.

"그렇습니다. 선생님 생각은 무엇인지요?" 내가 말했다.

"그런 걸 시인에게 직접 질문하는 건 결렙니다." 이태준이다.

"십일인의 아해, 십이인의 아해보다야 십삼인의 아해가 음성학적으로 균형감이 있지 않겠습니까? 의미상으로야 불편하지만서두. 결례라면, 이런 걸 시인에게 설명하도록 수고를 끼치는 일이지요. 우리는 토크북 세대가 아니거든요. 쓰면 그것으로 끝입니다. 이런저런 해석에 동의할 생각도 없고요." 이상이다.

"자, 자 좀 편하고 즐거운 얘기로 화제를 돌립시다." 박태원이다.

이때쯤, 금홍이 술을 가져왔다. 술은 맥주였다. 금홍은 각각의 잔에다 맥주를 따르고 자기 잔에도 수북하게 따랐다. "건배하시죠. 갈 길 없는 한국문학을 위하여" 금홍이 자기 잔을 들고 제창했다. 윤기가 흐르는 목소리다. 이 대목에서 다들 각자의 잔을 들고 서로 부딪쳤다. 쨍하는 소리. 느리지만 술기운이 돌만한 시간이 지나간다. 그때까지 별 말이 없는 김유정에게 내가 말했다. "선생님 건강은 괜찮으신지요?"

"늘 그렇지요." 김유정이 짧게 말했다.

"제가 선생님 소설을 읽고 논문을 써 학위를 받았습니다." 내가 말했다.

"쑥스럽지요." 김유정의 말인데 그 말은 그 순간 소설가의 순심으로 들려왔다. "죄송합니다." 무엇이 죄송한지 분간하지 못한 채 내가 뱉은 말이다. 우습군. 스스로 쪽 팔리는 순간이다. 그러는 사이 옆 테이블에 한 남자가 들어와 앉는다. 잘 생긴 남자다. 거리에서 흔히 볼 수 있는 형상이 아니다. "이리로 오시지요." 이태준이 그를 불렀다. 그가 일어나 우리 테이블로 옮아왔다. 그가 임화였다. 호적 이름 임인식. 가까이서 보니 더 훌륭한 얼굴이군. 요즈음 보게 되는 흔한 연예인들의 상이 아니었다. 문기(文氣)까지 서린 우수(憂愁)였다. 이상이 임화에게 나를 소개시켰다. 임화는 "아, 네." 그렇게 짧게 끊어서 말했다. 약간 무시하는 투였다. 궁금했던 인물 두 명은 볼 수 없었다. 정지용과 이효석. 김기림은 무슨 심사가 있어 불참이란다. 술판이 무르익어갔다. 문학사에서 읽었던 풍문보다는 점잖은 격이 실내를 감돌았다. 이른바 꼰대 같지 않은 부드러운 격정이 감돌았다. 한국문학사에서 천재들이 한꺼번에 출몰한 장면은 구인회 말고는 없을 것이라고 생각한다, 나는. 내가 꼭 한번 열어보고 싶은 문학사도 이 지점이었다. 그들을 바라보는 것으로 충분히 만족한다.

잠시 후,

이상이 자리에서 일어나 나 들으라는 듯이 말했다. 그의 음성은 취기로 인해 다소 격앙되었다. "들으시오. 여기 임화 동지까지 참석하여 기분이 아주 하늘을 찌르는 밤입니다.

우리는 조선의 문사로 태어나 문학사업도 하고 폐병도 앓고 민족의 현실도 고심하면서 살고 있습니다. 이건 식민지 조선을 견디는 방편이자 파멸의 방식입니다. 우리가 견디는 것은 절망의 한 형식입니다. 절망은 기교를 낳고 기교는 또 절망을 낳지요. 늦게 오신 임화 동지 한 잔 쭈욱 드시오. (웃으면서) 임화 동지는 '이식문화론'을 꺼내들었다가 개 혼났지요. 우리 중 유일한 카프맹원이지요. (웃으면서) 카프를 하기에는 쓸데없이 잘 생긴 얼굴입니다. 우리 민족을 위해서는 활동사진 쪽이 더 생산적일 겁니다. 투쟁은 다른 맹원들에게 맡기시지요(듣고 있는 임화는 빙긋이 웃기만 한다. 그렇게 웃으니 그는 조선의 더없이 아름다운 남자로 보인다). 박선생도 시를 쓰신다니 우리를 이해해주시리라 믿소이다. 아니 그렇게 되길 바라겠소. 저기 앉은 상허 선생은 멀지 않은 미래에 『소련기행』을 쓰고 월북할 사람이오. 그 옆에 계신 구보도 월북하여 회심의 소설 『소설가 구보씨의 일일』을 깔아 뭉개고 북에서 『갑오농민전쟁』을 집필하게 될 겁니다. 늦게 오신 임화 동지도 마침내 행방이 묘연하게 될 겁니다. 나는 일본으로 떠날 겁니다. 본래는 유정과 같이 죽기로 했으나 운명의 시간표에 따라 내가 먼저 죽고 유정이 따라 죽게 되어 있습니다. (유정을 바라보며) 김형, 안 그렇소? 북에서는 숙청당할 것이고 남에서는 병으로 요절할 겁니다. 한국문학사는 우리를 기억할까요? 우리는 기억되기 위해 오늘 이 자리에 있는 건 아닙니다. 우리 구인회 동지들은 각자의 자리에서 각자의 방식으로 위대하게 파멸할 겁니다. 우리들에 대한 기억은 다 지워주길 바라지요. 속아도 꿈결 속여도 꿈결 굽이굽이 뜨내기 세상 그늘진 심정에 불 질러 버려라(逢別記). 밤이 깊었소이다. 빗소리도 그쳤나 봅니다. 마지막 잔을 드시지요." "김형, 소리나 한 곡조 하시오." 묵묵하던 김유정이 이상을 향해 말했다. "그럴까요? 허허." 이상이 너털웃음을 터트리며 말했다. "임을 위한 행진곡이 어떻겠소?" 임화가 말했다. "그건 우리 시대 노래가 아니지 않소." 박태원이 말했다. "상록수도 괜찮지요." 이태준이 말했다. "상록수는 김민기 것이 으뜸이지요. 희망가를 부르시오, 우리의 주제가 희망가를." 박태원이 말했다. 이상이 '희망가'를 부르기 시작했다. 이 풍진 세상을 만났으니 너의 할 일이 무엇이냐. 어느덧 모두가 중얼거리듯이 합창한다. '희망가'는 처음이라는 듯이 마지막이라는 듯이 자신의 깊이를 응시하며 느리게 흘러갔다. 창간호이지 종간호가 될 동인지 『시와 소설』의 편집 후일담 자리는 그렇게 사라졌다.

그들도 조만간 영원 속으로 흩어질 것이다.

32

제비에서 보낸 하룻밤의 꿈이다.

좀 흥분했기에 미처 적지 못한 내용을 보충한다.

자리가 파하고 제비의 문밖을 나서는데 이상이 배웅했다. 그쳤다고 생각했던 밤비는 여전히 오락가락했다.

"밤비 좋지요." 등 뒤에 서 있던 이상이 말했다. 혼잣말 같아서 대꾸를 망설였다. "사느라 분주한 인생들의 여백을 적셔주잖아요?" "오늘 밤은 더 좋습니다." 내가 말했다. "좋은 시 많이 쓰시오." 이상이 하직인사처럼 말했다. 이상의 표정에는 창백한 슬픔 같은 것이 어렸다. 밤이라 더 그랬을 것이다. "고맙습니다." 내가 말했다. "선생님은 요즘 어떤 글을 쓰시는지요?" "나는 글을 쓰지 않습니다. 일본에 가서 놀다 오렵니다. 기분이 내키면 소설을 하나 더 쓸 작정이라오. 가제목은 '죽어도 좋아'라오. 어떻소?" 이상이 밤을 타고 내리는 빗줄기를 보며 말했다. "참, 미당은 잘 계시오?" "돌아가셨습니다. 한참되었습니다." 내가 말했다. "아임 미스테이크. 내가 뭔가 시대를 착각했오. 이해하시오. 미당은 또 다른 나의 퍼소나 같아서 물어본 거요. 종종 놀러오시오." 이상이 돌아서며 던진 말이다. 나는 불 꺼진 골목길을 걸었다.

그 후,

나는 제비를 다시 찾아갔지만 그 집은 이상이 희망가를
부르던 그 집은 아니었다. 그저 평범하고 허술한 술집이었
다. 1980년대 풍이랄까. 그러면 내가 갔던 제비다방은 무엇
이란 말인가. 나는 너무 골똘하게 따지지 않기로 했다. 슬픈
인간.

11월 11일
십일월 십일일
약속 없는 토요일
아침 아홉 시
송영훈의 가정음악
첫 곡은 Beethoven
피아노 소나타 31번 A플랫장조
op. 110 중 2. allero molto
pf. Helene Grimaud
2:03
(형식에 갇힌 유럽음악
형식을 사랑하느라 지쳐버린)

7월은 재산세 납부의 달.

쓰고 싶은 시의 첫줄이다. 기별만 있고 더 전개된 뒷줄은
없다. 그러려니 한다. 한 사람이 가용할 수 있는 시도 총량
법칙이 있다는 뜻인가. 선생의 시는 남아 있는 잔고가 없습
니다. 그동안 수고하셨습니다. 뭐, 이런 뜻인가. 쩝. 하긴. 내
시에서 묵은 김치냄새가 난다. 어제 오늘 일은 아니다. 지져
먹고 볶아먹으며 다른 김치인 듯 시늉을 떨었다는 것을 나
는 알고 있다. 알고 짓는 이 시짓기의 죄를 충분히 돌려받고
있다. 독자의 외면은 나를 늘 깨우고 흔들어준다. 이월상품
을 신상품 코너에서 팔고 있는 상인의 감각을 나는 이해한
다. 그들에게는 가격세일이라는 마케팅이 있지만 나에게는
그런 비상수단이 없다. 그런 수모는 시인이 직접, 손수, 혼자,
징하게 통째 감당하게 된다. 시인의 운명이라는 듯이. 운명
이라는 낱말이 내 문장에서 아무렇게나 사역당하는 게 미
안하다. 7월은 재산세 납부의 달. 왜 다음 줄은 타이핑되지
않는가. 자문자답할 뿐이다. 이런 답답함이 밀려올 때는 답
이 없다. 비오던 그 밤을 따라 다시 제비에 가고 싶다. 우리
문학사에서 구인회 무렵은 문학의 시대였다. 박인환이 움직
였던 명동시대가 그 시대를 한번 더 보충한다. 나머지 시대
는 잘 모르겠다. 내가 통과한 1970년대와 1980년대가 문학

의 시대였다고 할 수 있는지는 역시 모르겠다. 문맹이 급속
도로 사라진 건 맞다. 읽기와 쓰기에 대한 일반적 흐름도 자
리를 잡아나간 시대가 그때다. 군인이 총을 버리고 군사작
전하듯이 정치를 하는 동안 많은 청춘들의 자의식은 새롭
게 개발되었다.『앞산도 첩첩하고』『당신들의 천국』『강』『정
든 땅 언덕 위』「삼포 가는 길」이 쓰여졌거나 읽혔던 시절이
다.『뎡구는 돌은 언제 잠깨는가』『새들도 세상을 뜨는구나』
『이 시대의 사랑』이 쓰여진 시대다. 문학이 사회적으로 전면
화 되던 시대였다. 크게 소리만 질러대면 된다는 성난 시인
들이 몰려왔다. 수많은 인력들이 줄지어 문학시장으로 유입
되었다. 그 시절에 흔히 듣던 말이 '깨어 있고 싶다'는 워딩이
었다. 시대의 불을 끄느라 불면에 시달렸던 문예인들은 이
제 각자의 아파트에서 곤히 잠들었다. 깨워도 일어나지 않
는 그대들의 숙면. 부디 편히 주무시라. 그리고 그러면서 그
저 그런 시대가 되었다. 그때 미처 빠져나가지 못한 문학인
력들 중 어떤 몇은 문학밖에 없다는 듯이 연기하며 산다.
그건 연기다. 문학과 시대로부터 재빠르게 달아나지 못한
업에 대한 자기 확인이다. 한 탕씩 해먹은 사람들은 다 문학
에서 빠져나갔는데 길바닥에서 아직도 좌판을 벌이고 있는
것은 행인의 시선으로 보아도 어색하고 남루한 모습이다. 그
것도 새롭지 못한 구제품을 풀어놓고 호객하는 일은 기초
생활수급의 문예적 존재방식이다. 문예인들은 예술위원회에
이런저런 지원금을 간청하는 차상위 계층으로 전락하는 신
세가 되었다. 자존심 같은 건 없다. 아무것도 아닌 시대를

아무것도 아닌 형식으로 아무렇지 않게 각자도생으로 살아나가야 하는 시대가 조용히 왕림했다. 어떤 한 시대의 문학이 소멸했다는 반증을 길게 늘어놓았다. 하지만 나는 이런 개인적인 요약으로 문학의 소멸성을 선언하고 싶지는 않다. 엄밀하게는 내 시대의 문학이 강을 건넜다는 뜻이고 더 솔직하게는 나의 문학이 끝났다는 점을 간증하는 것이다. 프로그램 편성에서 제외된 방송인처럼. 그것도 오래 전에 말이다. 화염병 냄새가 향기로웠던 그때 그 시절에 종결되었음을 사체 검안하듯이 확인하는 셈이다. 그럼, 나는 무엇인가. 나? 나는 나의 허기를, 갈증을, 권태를, 망상을, 욕망을, 외로움을 달랠 뿐이다. 오늘은 더 쓸 게 없군. 쓸모없는 인간. 필자는 피곤하다. 필자는 팔자다.

35

눈이 와요
여자가 말한다
첫눈이군요
내가 말한다
허공에 떠 있는
수삼 개(數三個)*의 눈송이를
여자는 두 손으로 받는다
공손하다
이윽고 녹아 없어지겠지요
눈 녹듯이 첫눈 녹듯이
이번에도 여자가 말한다
그게 다 영원일 겁니다
내가 말한다
올해 겨울 내가 만나는 삶의 형식
마음 안에 새로 만든 항구에서
배 한 척이 소리없이 떠나간다

*황동규의 「기항지 1」

시 일 편을 두드렸다.

폰 화면에다 썼으니 문질렀다고 하는 게 더 옳다. 아무튼, 어쨌든, 우좌지간, 하여간. 졸지에 썼는데 무슨 큰일을 한 듯한 착각이 내 몸을 감싼다. 시는 이런 것인가. 시 쓴다는 행위의 무의식은 이런 것이다. 그래서 이러고 있다. 아직도. 불치다. 죽어야 고쳐지는 병이다. 나의 증상은 소통되거나 공유되지 않는다. 이해되세요? 네. 이해는 무슨. 쓴 사람과 읽는 사람이 공유하는 오해만이 진실이다. 다시 쓴다. 오해는 없다. 각자의 이해가 있다. 각자의 이해는 각자에게 습득된 '개인적인' 이해다. 주어진 이해. 각자의 징징거림이지만 익힌 대로 징징거린다. 학교에서, 학원에서, 시창작반 강사에게서, 동아리 합평회에서, 시집 해설 수준에서. 충분하지 못한 지식들. 불충분한대로 지속되는 문학들. 주어진 이해에 코웃음을 치는 자리에 시가 있다. 자수하러 가는 살인범의 심정으로 쓴다. 눈 없는 초겨울 아침에 쓸모없는 인간 白.

36

징징거림.

시를 쓰는 일은 그런 일이다. 무엇을 쓰든. 누구든.

천재도 아니면서 시를 쓰겠다고 나선 것은 쓸쓸한 연극이다. 누군가 말렸어야 한다. 오래 전에. 아주 오래 전에. 전복적 사유에 대한 소망과 실천력 없이 언어를 주무르겠다고 나선 것은 나의 소박한 무지다. 무지는 허영의 다른 이름이다. 무식하면 이렇게 되는 법. 지금 이 대목에서 왜 이렇게 나에게 관대해지는지 모르겠다. 엄격한들. 관대한들. 달라지는 건 없다. 요 며칠 사이에 내게 와서 잔뿌리를 내리고 있는 문장을 타이핑한다. 다 지나간 일이다. '저 떨어지는 낙엽처럼/ 난 참 바보처럼 살았군요' 김도향의 노래처럼. 문장의 뒷줄에서 손을 흔든다. 아무것도 기억하지 않기로 한다. 다 지나갔으므로. 기억의 회로도 끊어버린다. 인간에 대한 사랑. 인류애 어쩌구 저쩌구. 양심, 평등. 정직, 진실 등등. 미처 다 꼽을 수 없는 개념들의 전원도 꺼버린다. 저런 말들에 대한 찬양이나 합의가 교활하게 들린다. 모두 한 시대의 심리적인 조작인 것을! 더 나아가면 내가 감당하기 힘든 우울증이 발생한다. 이쯤에서 멈추기로 하자. 다 지나간 일과 다 지나가는 일과 다 지나갈 일을 생각하며 물소의 뿔처럼 지나갈 일이다. Che Guevara의 Che는 스페인어로 '어이, 이봐 친구' 정도의 의미라는 걸 아는 게 내게 무슨 소용인가. 어이, 체 게바라, 아니 그런가.

다 지나간 일.

37

나는 내 시가 한김나갔다는 사실을 잘 알면서도 꾹 참고
쓰고 있다. 나의 미련을 아낀다. 그것마저 없다면 나는 시인
이 아니다. 무슨 강아지 소리를 하시냐고 정색하는 초판 시
집 같은 시인이 있다면 나도 정색하며 그를 존중할 의향이
있다. 시라고 쓴 문자덩어리에서 쉰 냄새가 나는 순간이 내
게는 시의 순간이라오. 그렇게 신념한다. 시 쓰기가 시들해
질 무렵이 시를 시작해야 할 시간이다. 미네르바의 부엉이
가 나래를 펴는 저녁은 아니지만.

나는 문학이론이나 신념 같은 것에 기대어 시를 쓰는 사
람이 아니다. 이렇게 말하면 남들이 업신여기겠지. 그래도
할 수 없다. 어차피 이 글은 소설로 쓰여지고 있는데 소설의
내용을 필자의 생각으로 직역하는 것은 피차 가련한 일이
다. 소설은 영화처럼 소설가의 꿈이 상연되는 공간이다. 속
아주는 것이 독자의 예의다. 최소한 그런 척이라도 해야 한
다. 정색하고 소설을 읽는 것은 필자를 민망하게 만들기 십
상이다. '빵을 먹고 허기를 채우면 그만이지, 빵집 주인이 누
구인지 관심 가질 이유가 없다'는 쿤데라의 지론은 내 글쓰
기에도 유용하다. 예를 들면, 이 사람 지금 일기 쓰고 있는
거 아냐. 이런 생각을 잠시라도 했다면 바쁘시더라도 재고

있길 바란다. 나는 흘러가는 대로 쓴다. 비가 오면 비를 쓰고, 눈이 오면 눈이 불러온 시를 쓴다. 가히 자연주의 시인이라 부를만 하다. 자연을 노래한다는 뜻은 아니고 자연발생적인 시를 쓴다는 말이다. 범박한 뜻으로 보자면 서정시인의 끄나풀이다. 이렇게 말하고 나니 나의 시적인 정체와 윤곽이 드러난다.

다른 시는 없는가?
다른 시인은 없는가?
다른 삶은 없는가?
다른. 다른. 다른. 다른. 다른 것과도 다른.

38

박세현에게서 톡이 왔다.

지금 강릉에 머물고 있다고 썼다. 적막하다고도 썼다. 적막하다는 말이 적막하게 들리는 오후다. 강릉은 그의 고향이다. 고향이라는 말은 고어(古語)다. 죽은 말이다. 죽은 말은 뛰지 않는다. 죽어 있을 뿐이다. 1970년대 산업사회에 호응하는 단어다. 고향이라는 낱말이 1970년대 말고는 그 기능이 거의 거세된 말이다. 먹고 살기 위해 태어난 자리를 벗어났던 사람들이 주로 서울이라는 도시를 먹여 살리면서 고달픔을 기대던 말. 추석 같은 명절에 고향에 가는 고속버스 표를 사기 위해 한나절 이상 긴 줄을 서서 기다려야 했던 추억만이 고향을 소환한다. 일단 서울에 적응하고 나면 고향은 상상과 기억의 장소가 될 뿐이다. 박세현은 지금 자기 고향에 가 있다. 부모님이 살던 집에서 책을 읽으며 글을 쓰는 생활을 하고 있다. '책을 읽으며 글을 쓰는 생활'이라는 문장은 일종의 정신적 비문(非文)이다. 시대착각을 끌어안고 있는 상상적이고 알리바이에 가까운 자기 수식이다. 내가 그렇게 꾸며보는 생각이다. 박세현도 그렇게 생각할지 모른다.

박세현에게서 잠시 후 또 하나의 카톡이 떴다. 시낭독을 하게 되었다는 내용이었다. 건너건너 아는 지인의 골목서점에서 시낭독을 한다는 내용이다. 심심한 눈으로 톡을 읽었다. 싱거운 일이 아닐까. 박세현도 필경 그렇게 생각할 것이다. 그런 그가 지방도시에서 시를 읽는다? 그것도 자기의 상상적 장소인 고향에서? 나는 카톡을 리뷰했다. 카톡 후반에 자신이 읽을 시 다섯 편의 목차를 적었다. 시집 『난민수첩』에 들어 있는 시들이다.

「다큐전문배우」
「한때가 좋다」
「라두 루프 듣는 새벽」
「우린 그렇게 헤어졌지」
「무단횡단」

그가 저 시들을 낭독하고 무슨 말을 할지는 궁금했다. 자신이 쓴 시를 자신의 입으로 읽고 난 후에 마주치는 건 급한 허공이거나 언어의 절벽이다. 강원도 영동권 방언으로는 삥대다. 그의 시가 주는 허무맹랑한 감흥이 바로 그것이다. 그게 그의 시적 멘탈리티다. 세상과 인류에 대해 기여하고 싶은 무엇이 없거나 없는 채로 쓰여지는 시다. 대의명분 따위가 없는 시. 그러니 그의 시는 수신인도 시장도 없다. 그것이 그의 말대로라면 그의 시적 보람이다. 낭독회를 구경할 의사도 있지만 마음을 낼 만큼의 거리는 아니다. 대신 그가 선택한 시를 읽어보기로 했다. 그가 왜 갑자기 낭독회라는 사건을 저지르기로 했는지 궁금증이 일었지만 되묻지는 않았다.

낭독회가 무산되었다는 톡이 다시 왔다. 이틀 지난 뒤다.
싱거워져서 취소했단다. 축. 나의 회신이다. 골방에서 독립
적으로 낭독하라고 첨언했다. 청중이 없다고? 왜 청중이 없
다고 생각하시는지. 청중은 많다. 우선 시를 낭독하는 낭독
자 자신부터 충실한 청중이다. 벽, 천장, 책상, 연필, 부러진
연필, 칼, 녹슨 칼, 안경, 나무젓가락, 리모콘, 책, 책, 책, 카페
주인, 시인들, 수필가들, 도보 여행자, 노숙자, 편의점 주인,
덕질하는 독자, 어제 죽은 사람, 빗소리듣기모임 정회원 등.

낭독회 건은 없는 일이 되었다. 대신 박세현은 자신의 목
소리로 녹음된 파일을 보내왔다. 시는 「한때가 좋다」였다.
자다가 일어나 읽는 것 같은 조금 거친 목소리였다. 시를 읽
는다는 준비동작 같은 것이 배제된 목소리인지라 낭독자의
캐주얼한 진심은 다가왔다. 청중을 의식한 의식적인 연기가
없다. 구린 개폼도 없다. 꾸밈없는 척 하는 것도 연기다. 나
는 그가 왜 그런 자작극을 기획했는지 알 듯 했다. 그는 오
직 자신의 말만을 듣고 싶었을 것이다. 그것이 인간사 공통
의 문제라는 확신을 퉁치고 싶었을 것이다. 박세현이 자기
고향에서 보내온 낭독회 건은 그런 일과성 해프닝으로 지나
갔다.

39

고려대학교 박물관에 두 번 갔다.

나로서는 꽤나 성의 있는 노릇이다.

고대 박물관이 소장한 근현대 미술품들을 공개하는 전시회였다.

현대미술실 개관 50주년 기념이고 관람료는 무료다. 쓸모없는 인간에겐 무료도 적은 비용이 아니다. 팸플릿 표지는 이중섭의 '꽃과 노란 어린이'였지만 나는 권진규의 '자소상'과 '비구니'를 다시 보고 싶었다. 미술 애호가도 아니고 식견도 헐벗은 나로서는 지나가는 호사다. 전시장으로 가는 전철을 환승하는 동안 또 전시장을 둘러보는 동안의 막연한 기대가 좋았다. 이중섭, 박수근, 구본웅 등등. 그들의 그림은 언제나 좋다. 거기까지다. 권진규의 테라코타에는 나와 같은 잡인이 눈을 맞추기 어려운 정면이 서려 있다. '자소상'의 시선이 특히 그렇다. 그걸 보고 있자니 내가 딛고 있는 현실이라는 꿈자리가 자각되고 그것이 넘어서지 못하는 잡음이 밀려온다. 누구는 화가를 일러 '대단한 권진규'라고 했다.

전시장을 나와 대학 본관 쪽을 바라보았다.

여름날의 캠퍼스는 한가로웠다.

8월 한낮의 여름 풍경에는 박물관 내부가 가두고 있는 박제감이 없다.

모든 게 움직인다. 그늘이 있는 벤치에 앉았다. 오래 앉았다. 한낮의 명상이다. 이 기분으로 전화라도 한 통 걸까 했는데 참을 수밖에 없다. 통화하고 싶은 데는 다 결번이다. 다행이다. 나를 잊어주신 분들에게 이 자리를 빌어서 감사를 드린다. 그림을 보러 왔지만 사실은 박물관 앞의 텅 빈 광장을 만나러 온 셈이다. 방금 전에 눈에 넣었던 그림들보다 낮은 목소리로 쏟아지는 광장의 햇살은 더없이 놀랍고 그윽했다. 고흐가 백 명 와도 이 풍경은 재생시키지 못할 것이다. 전시를 보기 전의 나와 보고 난 후의 나는 다른 인간이다. 캠퍼스의 여백이 그렇게 말하고 있다. 미술 전시장을 경유하여 만나게 되는 여름날의 저 여백을 기념한다. 대단한 풍경이다.

40

외출 없이 사는 하루다.
음악도 없고 독서도 없다.
공상도 없다.
없는 것만 충만하다.
시는 오지도 가지도 않는다.

속이 잘 가라앉았다. 시를 쓰려고 하면 그 속들이 다시 일
어날 것이다. 시를 위해 안달하는 건 옳지 않다. 그런 시들
은 많다. 창을 몇 번 열었다 닫았다 한 것이 오늘 내가 한
일의 거의 전부다. 고요함과 소란함은 이음이지만 동의어라
는 걸 몸으로 깨우친 날이다.

피아니스트가 모차르트의 소나타를 연주하기 위해 피아
노 건반에 손을 얹는다. 이윽고 자신의 세계에 몰입한다. 그
게 연주자의 세계인가. 나는 컴퓨터 키보드에 손을 얹는다.
내 손가락은 열 개. 저마다의 신경이 키보드를 향해 일어선
다. 자음과 모음, 쉼표와 마침표, 작은따옴표와 말없음표.
키보드에 손을 얹으면 열 손가락은 차분한 경련으로 저린
다. 피아니스트가 모차르트를 경유해 자기 세계를 주유하듯
이 나도 키보드를 두드리며 내 세계를 횡단한다. 내 연주는

악보가 없다. 즉흥이다.

이 글은 늙은 시인의 중상적 글쓰기다. 소설적 서사성과 관계없이 쓰여진다. 어떤 독자는 짜증을 내거나 비웃을 것이다. 그렇지만 사람은 누구나 아상(我相)의 세계를 살아낸다. 소설의 주인공처럼. 영화의 주인공처럼. 누구나 기승전결의 하루를 산다. 아침이 오고 한낮이 지나가고 밤이 온다. 이처럼 엄중한 서사는 다른 예가 없다. 소설가들은 이 서사를 베끼는 필경사들이다. 한마디로 일상이 성사(聖事)다. 아침 먹고 점심 먹고 일하고 사람 만나고 커피 마시고 하루를 마감하고 잠자리에 드는 것이 서사의 전부다. 아무 일도 일어나지 않는 하루는 그래서 더 소설적이다.

이 글을 쓰는 나의 근거를 말해보았다.
누구의 비위를 맞추기 위해 쓰는 글은 아니다. 최소한 내 비위는 맞추어야 한다. 솔직하게 말해 나는 소설에서 말하는 서사에는 궁색하다. 서사를 궁구하는 동안 생의 실체는 도망간다. 생은 그 자체로 생일 뿐이다. 삶에 너무 과도한 의미를 부여하는 일은 센티멘탈리즘이기 쉽다. 작가가 리얼리티를 위해 단어와 문장을 다듬는 동안 마땅히 있어야 할 삶의 리얼리티는 증발한다. 거칠거나 앞뒤가 모순되거나 정제된 핵심이 없는 것을 나는 찐소설이라 부른다. 공모전 심사위원들이 공감하거나 문학상 본심 테이블에 올려진 소설들은 이른바 기득권 소설에 익숙해진 독자들에게는 소구력이 있겠으나 그것은 약속 대련일 뿐이다. 여기까지 자판을 두드리다 보니 내가 선을 넘는 말을 떠들어대고 있다. 공인된 소설작가가 아니요, 소설 이론가도 아니라는 점에서 나의 발언들은 참다운 헛소리다. 내 헛소리에 빛이 있기를.

오늘은 여기까지만 쓰자.
내 글쓰기의 바닥이 눅눅하다.

41

서울시립미술관에서 호퍼전을 본 후

꽤 오랫동안 나는 이렇다 할 일 없이 연구소에 파묻혀 지냈다.

연구소는 아파트 내 방이다.

심심풀이로 연구소라 작명했다. 한결 다른 느낌이 올라온다. 말이란 이런 것이겠다. 집필실이나 작업실은 피하고 싶다. 맨날 작업만 하다니. 이름부터 지루하다. 연구에서는 학술적인 냄새가 나지만 인생잡사를 탐구한다는 뜻으로 나는 연구소를 선택한다.

그 이름이 무엇이든 연구소는 나의 생활공간이다.

책 읽고, 음악 듣고, 글 쓰고, 숨쉬고, 커피 마시고, 전화하고, 하품 하고, 앉았다 일어서고, 생각하고, 졸고, 책에 밑줄 긋고, 읽었던 에세이 다시 찾아 읽고, 밑줄만 골라 읽기도 하고, 잠을 자고, 꿈을 꾸고, 간밤의 꿈을 지우기도 하는 공간이 내가 설정한 연구소의 연구 목록들이다. 이 모든 일들이 한꺼번에 순서 없이 아무렇게나 연구된다. 방문객은 없다. 드물지만 아내가 방문해 커피를 마시고 가는 날도 있다. 허공에 둥둥 떠 있는 남자. 거세된 현실을 리얼하게 연기하는 쓸모없는 남자.

　나는 날마다 연구소에 머무른다. 이승에 머물 듯이 그렇게. 창문을 열고 새로 등장한 외부를 받아들이고 책상에 앉는다. 책상에 앉아야 작동되는 생각들이 있다. 분절된 사념들이 제자리를 찾기 시작한다. 로베르토 볼라뇨의 소설이 연구소에 도착했으니 조금씩 읽어야겠다. 나처럼 쓸모없이 사는 분들 남는 시간 있으면 놀러오세요. 환영.

42

시를 쓰지 않고 지내는 날이 늘어간다.
시는 손가락에 붙는 것이지 정신머리에 붙는 것은 아니다.
시를 밥 먹듯이 쓰는 사람도 있을 것이다.

예컨대 나 같은 사람.

그래서 뭐. 아예 굶는 사람도 없지 않다. 답은 없다. 각자
는 각자의 길을 도모한다. 길의 끝에서 만나는 표지판은 말
할 것이다. 여기부터는 사유지입니다. 더 이상 길이 없습니
다. 돌아가시오. 붉은 글씨다.

나는 어느 순간부터 내 문장에 갇혀 산다. 내 아파트에서
지내듯이, 편하게 내 시에 갇혀 살고 있다. 협소하지만 이것
도 어디냐고 자신을 달래고 있다. 문장 속이니까 까놓고 말
하지만 나에게는 내세울만한 문학적 건축이 없다. 겸손도
자학도 아니다. 그동안 썼던 시라는 물건은 무엇일까. 멋을
부려 말한다면 내 삶의 총화였고, 간단히는 그날그날의 숨
소리였다. 그런 나만의 뇌피셜에 한 줄 기쁨 있으라. 시의 기
쁨. 사는 기쁨. 사랑의 기쁨(은 사랑의 슬픔).

나는 전적으로 나를 위한 시를 썼다.
그걸 나만 모르는 체 하면서 여기까지 왔다.
앞으로도 쭈욱 나를 위한 시만 써야겠다고 다짐하는
초겨울 아침. 글렌 굴드의 연주가 폰에서 흐른다.
제목은 모른다.
제목 없이 듣는 즐거움.

43

시집 잘 읽었습니다. 축하해요.
두 마디면 시집을 인쇄한 보람은 충분하다.
이윽고 시집은 자발적으로 중고가 된다.

45

50대 가수가 20대 가수의 노래를 부르는 것처럼
인생은 이가 맞지 않는다. 그러려니 하는 것뿐이다.
자기 목청을 갖는다는 꿈
자기 목청이 완성되면 미련 없이 그것을 버린다는 꿈
자기세계가 있다는 것은 알고 보면

서글픈 극점이다.
남들은 어떤지 모르겠으나.

2부

萬法唯識

오늘의 일정 한 가지.
방향 없는 외출하기.
굿 아이디어다. 나가보는 거야.

가을의 끝자락.

창문 밖에서 상영되는 하늘은 잊었던 추억처럼 높고 그윽
하다. 과장하자면 태어난 이후 만난 가장 홀망한 날씨다. 소
년의 시 한 구절 같은 날이다. 지나가는 사람에게 목례라도
해주고 싶다. 이런 날 집에 머무는 것은 삶에 대한 유책사유
가 된다. 집을 나서야 한다. 딱히 일이 있어서가 아니라 딱
히 일이 없기 때문에 현관문을 밀고 나와야 한다. 오늘 아니
면 아니 지금이 아니면 안 된다는 듯이. 그런 심정으로 하
루를 설계하며 옷을 찾아 입는다. 바지를 입고, 티셔츠를 걸
친다. 오늘 같은 날은 약간의 모양을 내야 한다. 이런 날이
있을 줄 알았다는 듯이 할인점에서 사두었던 검은색 재킷
을 걸친다. 처음 개시하는 옷이다. 안경을 쓰고 모자도 쓴
다. 모자는 노인의 의식(儀式)이다. 이 정도면 됐다. 집을 나
서기 전 현관 거울에 전신을 스캔한다. 됐다. 이 정도면. 잠
깐. 책 한 권을 담을 수 있는 어깨가방을 메고 나갈까?

그냥 가자.

전철에서 책을 잡고 있는 건 좀 그렇다. 그냥 가자. 약속 시간에 늦었다는 듯이 얼른 현관을 나와 엘리베이터 버튼을 누른다. 엘리베이터가 도착하고 문이 활짝 열린다. 엘리베이터에 몸을 집어넣는다. 중간에 타는 사람이 없어서 엘리베이터는 1층 로비로 직행한다. 로비를 나서자 바깥은 아파트에서 관망한 것보다 더 맑은 청명이 몸을 파고든다. 하루를 탕진하기에 얼마나 좋은 날인가. 휘파람을 한 번 불었다. 생각처럼 음이 나오지 않는다. 입술은 오래 쓰지 않던 악기 같았다. 몇 걸음 떼면서 생각하니 내게는 경호원이 없구나. 어디로 가지? 쿼바디스.

47

집을 나와 아파트 정문에서 우회전, 몇 걸음 옮기면 건널목이다. 건널목 앞에서 다시 궁리한다. 어디로 가지? 그때 신호가 바뀌었다. 건너라는 명령이다. 길을 건너자 거기 은행이 보인다. 은행에 볼일 있을까? 없다. 그렇지만 들어가 보는 거다. 나는 은행의 자동문 안으로 들어선다. 허리에 권총(가짜겠지)을 찬 경호원이 안내를 한다. 그가 시키는 대로 대기 번호를 뽑고 의자에 앉는다. 대기실에는 여나믄 명의 대기자들이 있다. 대개 나이 든 축들이고 손에는 통장을 쥐고 있었다. 말하자면 인터넷 사용이 번거로운 사람들로 보인다. 나처럼. 젊은이들은 보이지 않는다. 나의 대기 순서는 네 번째다. 다섯 번째라도 상관은 없다. 창구에는 젊은(혹은 나이보다 젊게 보이는) 여자 넷이 앉아서 업무를 보고 있다. 나와는 상관이 없는 일이다. 이윽고 전광판이 내 번호를 찍었다.

나는 천천히 일어나 2번 창구 앞으로 다가섰다.
"어떻게 오셨어요?" 여직원이 물었다.
나는 갑자기 생각이 나지 않는다는 듯이 머뭇거렸다.
"거기 앉으세요, 어르신." 여자가 사무용 어법으로 말했다.

여자는 얼굴이 갸름했고, 머리는 실무적으로 뒤로 묶었다. 잿빛 니트를 입었고 순간적 이미지는 수수했다. 여자는 비교적 친절미가 느껴지는 말투로 말했다. "저…" 나는 다음 말이 꺼내지지 않았다. 여자는 그런 나를 재촉하지 않고 바라봐주었다. 인내심이 많기도 하지. 그 여자가 정 많은 딸같이 느껴지기도 했다, 딸은 아니지만. 나는, 나도 모르게 갑자기 "손!" 하고 소리를 질렀다. "고맙습니다. 어르신. 용건을 말씀해주세요." 여자는 침착하고 부드럽게 말했다. 내가 '손'이라고 말한 것은 '손 들어!'라고 말한다는 것이 '손이 예쁘네요'라고 말해버렸던 것이다. 순간적으로 어떤 무의식이 툭 튀어나왔던 것이다. 나는 상상이지만 은행갱 흉내를 내보고 싶었던 것이다. 그러면 누군가는 동영상을 찍었을 것이고, 여직원은 책상 밑 어딘가에 있는 비상벨을 눌렀을 것이고, 급히 경호원이 달려올 것이고, 근처 지구대에서 커피를 마시며 휴식을 취하고 있던 경찰이 출동할 수도 있었을 것이다. 이 사실은 실시간으로 sns에 떠돌 것이고, '영감이 미쳤군 미쳤어' 이런 댓글들이 주루룩 달릴 것이다. 이 일은 늙은이의 가벼운 성추행 정도로 치부된다. 사실 나는 은행강도짓을 연습해보고 싶었을 것이다. 보시다시피 나의 결행은 이렇게 맥없이 종결되고 만다. 은행문을 나서며 생각한다. 세상에 쉬운 게 없구나. 그나마 시쓰기가 쉽구나. 한 줄 쓰고 한 줄 쉬고. 대단한 일을 했다는 듯이 거울 앞에 서서 으스댄다. 그런 자아가 대단하다. 내가 시인을 존중하기 어려운 이유도 여기에 근거한다. 몇 줄 써놓고 으스대다니. 지나가는 고양이도 웃는다. 냥냥냥. 소설가들 당신네들도 다르지 않아. 뭘 그렇게 꾸미고 있는가. 그러고 있는 당신 자신이 허구의 인물이다. 오래 앉아 현실을 짓뭉개는 소설가의 엉덩이 근육은 알 것이다. 거짓말이야말로 진실—없는 진실을 그럴싸하게 표절할 수 있다는 것을.

　세상 모든 엉덩이여 일어나라.

은행을 나서자 갑자기 갈 데가 없어졌다.

갈 데가 없다는 사실이 새삼스럽다.

이 순간 문득 갑자기 느닷없이 행복하다.

나도 살짝 놀란다.

어깨를 한번 으쓱하면서 메가커피 앞을 지나간다.

이런 날은 박세현을 만나면 좋겠다.

내가 아닌 박세현. 나의 분신, 나의 그림자. 나의 대역. 나
이지만 나일 수만은 없는 그 나. 나와 붙어살지만 나와 너무
먼 그대. 나였다가 나를 배신하는 나.

그런 내가 궁금하다.

박세현에게 전화했다. 그는 지금 보헤미안에 있다고 했다. 보헤미안? 그곳은 강원특별자치도 연곡면에 있는 박이추커피 본점이다. 나도 가 본 적 있다. 커피맛이 특별하다는 소문에 끌려서. 그건 그렇고. 박세현과 나는 전화로 할 수 있는 가벼운 얘기를 나누었다. 그러면 그렇지. 참새가 방앗간을 그냥 지나가면 그는 참새가 아니다. 그렇듯이 그는 최근에 그가 본 홍상수 서른 번 째 영화에 대해 얘기했다. 결론이자 서론은 여전히-역시 홍상수라는 것. 그가 홍을 예찬하는 것은 두 가지. 쉴새없이 영화를 찍는다는 것. 다른 하나는 한국문학이 그것이 시든 소설이든 가지 않은 길을 혹은 가지 않고 남겨 둔 길을 카메라를 통해 쓰고 있다는 것이다. 이른바 영화소설이다. 박세현이 전화상으로 말한 '우리의 하루'에 등장하는 대사를 다시 쓴다.

기주봉 시인을 좋아하는 젊은이가 묻는다.
"시가 필요하다고 생각하세요? 시집도 안 팔리잖아요."
기주봉이 대답한다.
"자긴 읽었잖아. 그럼 된 거지. 누군가 읽으면 된 거지. 좋으니까 읽었을 거 아냐."

"사는 게 너무 짧아. 걱정하지 말구. 금방 죽어.
금방 끝나. 그러니까 그 사이를 뭘로 채울까만 생각해."

"사는 건 뭡니까."
"정답을 찾는 거잖아. 너가 말하는 건. 정답이 너무 많아.
책마다 있어. 그건 다 오답이지. 그러니까 우리가
어색하고 어설프고 어중간하잖아. 살아있으면 영원히 모
르지.
미리 알 수 없고 영원히 알 수 없는 거지. 그래서 너무 좋
잖아."

"진리는 뭡니까."
"같은 말 계속 하는구나. 오답이라니까.
진리란 오답들 사이에서 헤매는 거야. 우린 찾을 능력이
안 돼.
작은 것에 감사하는 거야. 앞에 있는 걸 능력되는 만큼 좋
아하고
감사하고, 뜻을 찾지 마. 그건 비겁함이야.
그냥 물로 뛰어들어. 다 알고 나서 들어가려하지 말고.
비겁하게."

기주봉 시인이 젊은이에게 다시 묻는다.
"정말 알아들었나?"
"네, 이해갑니다."

"이해는 관두구 알아들었냐구?"

70대 시인 기주봉의 대사다. 진리는 오답이고, 인생은 금방 끝난다. 누군가 읽으면 되는 시집. 누군가는 누군가? 편집자도 읽고, 인쇄공도 읽고, 제본노동자도 읽고, 시를 쓴 시인도 읽는다. 그러면 된 것.

—시야말로 오답이다. 정직하려고 애쓰는 척 하는 정확한 오답.
—오답이어서 기쁘고 용납 받는 것은 시밖에 없다.
—꿈이여, 다시 한번.

박세현과의 통화는 그렇게 웃으면서 끝이 났다.
전화기에서 들려오던 파도소리. 보헤미안에서 파도소리가 들렸던가?
안 들려도 들려야 한다는 환청을 믿어야 할 때가 있다. 지금 이 순간.

앞서 간 시인들이 만든 길은 길이 아니라오.
그대는 왜 자꾸 그 길로 가려고 하시는가.
그 길은 끝장나고 폐기되었음이다.
몇 번 말해야 알아들으실까.
불쌍한 주체들이여, 영원하고 기쁜 저주여.

은행에서 돌아와 낮잠을 잤다.

깊은 잠을 잤다.

수면제를 과복용한 사람처럼. 나는 낮잠이 없는 사람이지만 그날은 달랐다. 은행 창구에서 여직원을 상대로 강도짓을 하려던 짓이―나름의 퍼포먼스가 마음에 짐이 되었던가보다.

마음의 짐.

살아오면서 정당하지 못해서 마음 밑바닥에 가라앉아 있던 찌꺼기. 때가 되면 불쑥불쑥 떠오르는 부유물들. 그런 게 짐이 된다. 은행에서는 실제로 아무 일도 일어나지 않았다. 나의 상상 속에서 실행된 허무개그다. 나는 왜 그런 유치한 발상을 했던 것일까. 심심해서? 누군가의 눈길을 끌려고? 눈앞의 쇼윈도우 즉 어른거리는 현실을 돌을 들어 부셔버리려고? 마음에 남아서 마음을 지그시 누르고 있는―나도 의식하지 못하는 짐이 왜 없겠는가. 뭉뚱그려 말하자면 성실하고 정직하게 인생을 살지 않았다는 혐의에서 자유롭지 못하다. 갑자기 참회록이 되는군. 낮잠이 불러온 평지풍파다. 그런데,

아직도 시를 놓지 못하고 있음을 어떻게 설명해야 하는
지 나에게 충분히 설명하지 못하고 있다. 소설은 허구 뒤
에 숨을 핑계가 있는 장르다. 시는 그러나 은밀한 자기 서사
다. 남이 보지 않는 곳에서 쓰는 일기다. 맞다. 그렇지만 시
는 언어에 담기는 순간 본의와 다르게 번지고 어긋난다. 자
기 반사적인 일기가 창작이 되는 순간이다. 시는—시야말로
진정한 픽션이다. 내가 여직 시를 들고 있는 습관을 관성이
라고 해야 하나. 어디서 멈춰야 할지 몰라 그냥 미끄러지고
있는 중. 하던 대로. 이런 태도는 장려할 일이 못된다. 틈나
면 생각하지만 끝까지 가서 바람직한 시에 도달했던 시인이
있었던가, 싶다. 있을지도 모르겠다. 나는 그런 모델을 가지
고 있지 않다. 시는 샘물처럼 솟아나는 20대의 산물이다. 30
대까지는 연장 근무가 가능하다. 그런데 그 이후는? 모르겠
다. 이건 어디까지나 나의 (개인적) 생각이다. 그러니 논쟁거
리로 삼을 이유는 없다. 다른 이유도 여럿 찾을 수 있다. 쓸
것이 있어서, 많아서. 그렇다. 나에게는 이것이—이것만이 정
답이다. 날마다 다른 얼굴로 찾아오는 시가 있다. 나는 단
지 그런 시를 영접할 뿐이다. 호텔의 벨보이처럼 찾아온 시
를 가이드한다. 손님은 501호실입니다. 쓴다. 날마다 쓴다
(이 말은 사실과 다를 수 있다). 쓰고 또 쓴다(이 말도 사실
에 부합하지 않을 수 있다). 쓸 것이 많아서 쓴다는 말은 이
쯤에서 수정한다. 지어낸 핑계다. 쓸 것이 많아서는 쓸 것이
없어서로 고친다. 이것은 내가 글을 놓지 못하는 거의 진심
에 가까운 고백이다. 이렇게 말하고 보니 편해진다. 내담자

가 분석가 앞에서 분석가를 속이기 위해 꾸며내는 고백이다. 분석가는 말할 것이다. 드디어 당신은 자신의 무의식과 직면했군요. 축하합니다. 내담자는 말할 것이다. 선생님 덕분입니다. 홀가분합니다. 진실은 이런 방식으로 우회할 것이다. 이제야 낮잠에서 깨어난 실감이 든다. 뒤척이던 마음을 잘 개어서 책장 위 어디에 올려둔다. 올가 토카르추크의 소설 옆이었을 것이다.

대박이다.
서프라이즈가 없는 하루다.
기승전결에서 결론이 소거된 하루하루.
기승전전전. 반전 없는 하루.
불쑥 동네 술집을 찾아가고 싶다.
간판은 인쌩맥주. 술잔을 들다가
이슥해서 나온다. 누구처럼.
거리에는 비가 내릴 것이다.
우산을 받쳐든 사람들 하나 둘.
우산 없이 걸어가는 사람들.
불빛 요란한 탕후루 가게 앞에서
관념적인 입맛을 다신다.
(곧 폐업할 것으로 예상되는
저 휘황스러움이 안쓰러워 나는
이 글에서 여러 번 탕후루를 쓴다)
빗방울이 이마에 떨어진다.
이마에 금 간 자리
다시 한번 금이 간 듯.

53 [번외편]

박세현을 만나기 위해 전철을 타고 삼각지역에 내린다.
환승전철을 기다리는 중에 문자가 뜬다.
우주 밖에서 바람결에 날아온 문자.

[이런 사람]
키 평균 미달
세계관(같은 건 없음)
흔히 검정 면바지에 회색 잠바
검정 벙거지
흰색 운동화
줄 없는 기타를 메고 다닐 때도 있음

이런 분 발견하면 다정하게
어깨를 툭툭 두드려주기 바람
정신 차리라고

54 [번외편]

아버지 생전의 일이다
당신이 모는 차를 타고 가는 도중에
외길통에서 마주 오는 차를 만났다
서로 양보하지 않고 30초 정도
눈싸움을 벌이다가 뒷심이 약한 아버지가
후진하면서 말했다
(볼륨을 죽이고) 개새끼야
옆에 앉았던 나도 속으로 복창했다
개새끼야

세상에는 개새끼가 너무 많다

아침, 첫눈 예보다. 정말 눈이 올지도 모른다. 너무 일찍 깬 아침은 다시 눈을 감는다. 여기가 아니라고 생각하면서. 출발 FM을 켠다. 손이 먼저 가서 한 일이다. 뮤지컬 캣츠의 삽입곡 '메모리'가 귓불을 적신다. 지안 왕의 첼로를 들으면 어딘가 용케 숨어 있던 슬픔 한 가닥이 올라온다. 겪지 않은 감정까지 데리고. 언제나 같은 곳을 누르는 건반처럼. 기시감과 미시감이 만나는 지점.

연기를 뿜으며 타들어가듯 하루가 끝나면
차갑고 퀴퀴한 아침 냄새
길가의 램프는 꺼지고
또 밤이 끝나면
또 다른 하루가 밝아오네

책상 위에는 읽어야 할, 읽겠다고 구매해 둔 책이 쌓여 있다. 읽어야 할 책이 남아 있다. 읽겠다는 의지도 남아 있다. 이것은 어제의 문제이자 오늘 아침 내게 다가온 문제다. 읽어야 할 책이 쌓여가다니. 잔인한 일이다. 그래야 할 까닭이 있는지 이제는 의심이 든다. 읽기는 끊기 어려운 중독이다. 모든 중독이 그러하듯이. 알코올중독과 읽기중독은 다르지 않다. 술을 끊으면 금단현상이 나타나듯이 책읽기를 중단해도 같은 증세가 온다. 하루라도 책을 읽지 않으면 입안에 가시가 돋는다는 말도 있다. 읽지 않아도 가시는 돋지 않는다. 하루라도 휴대폰을 문지르지 않으면 손가락에 가시가 돋는다는 말은 사실이다. 새로운 책에는 무언가 다른 것이 있을 것 같다. 내가 몰라서는 안 되는 꼭 그것이 포함되어 있을 것 같다. 이 책이 아닌 저 책에. 참기 어려운 증상이다. 책읽기는 그렇게 지속되면서 영혼을 오염시킨다. 불길하여라. 엄밀한 의미에서 그것은 옳은 일이 아닐 것이다. 책은 태생적으로 자기 주장을 펼치는 미디어다. 소설이든 철학서든 한 편의 논문이든 다 그렇다. 그건 모두 당신 생각이다. 독자는 동의하거나 부동의하는 것으로 독후감을 마무리 한다. 당신 의견은 무엇인가. 동의가 당신 생각인가 부동의가 당신 생각인가. 그것을 당신 생각이라고 생각하겠는가. 그러니까 독서는 정신의 오염이다. 끊임없이 누군가의 의견에 동의하거나 부동의하면서 나는 잡다한 내가 되고 만다. 누구 비슷하거나 누구와 누구 사이에 있거나 누구의 등 뒤에 있거나 누구의 아바타처럼 된다. 내가 되기 위해서는 책을 읽지 말아야 할 것인가. 당장의 내 결론은 예스다. 그 다음은? 모르겠다. 지금 책상 위에 있는 책까지만 읽어야겠다. 사들인 돈이 아까워서.

책상 위에 있는 책은 백상현의 장편소설 『새로운 인생』이다. 표지를 살펴보면서 읽기 전의 뜸을 들이는 중이다. 우선은 다른 일도 있고. 어떤 소설일지 궁금하다. 다년간 그가 쓴 책과 세미나 주변을 기웃거려온 나로서는 한 연구자의 '비타 노바'가 궁금하지 않을 수 없다. 이론적 글쓰기의 끝에서 열린 새로운 인생은 어떤 인생인가. 새로운 글쓰기의 실천 없이는 새로운 인생이 없다는 롤랑 바르트의 문장은 그것 자체로 하나의 선언이다. 나에게는. 소설을 읽을 분위기가 될 때까지는 하던 일의 매듭을 지어나갈 생각이다. 딱히 진행중인 일이 없지만 그래도 뭔가 있는 듯 해서. 책 뒤에는 흔히 있는 작가 소개가 붙어 있는데 별나다면 작가 소개 아래에 작가와 동등한 수준의 출판사 소개가 붙어 있다. 국내 책에서는 처음 보는 포맷이다.

작가 소개
출판사 소개

자정 넘겨
11월 중순
심야 재방송을 듣는다
창문 밑으로
고개 숙이고 지나가는
고양이 울음소리
당신의 서정시는
잠 못 이룬다
십일월의 배경음악은
단조로 흐르는 침묵
죽은 사람의 이름을
불러본다
텅 빈 골목에서
레오 페레가 중얼중얼
세월을 읊조린다
시간이 지나간 뒤
모든 것은 사라진다
고쳐 쓴다
어떤 것은 되돌아온다
추억처럼

당신의 이름처럼
각주는 검색으로 대신한다
참고

58

지난밤에 쓴, 쓰여진 시다.

날림이지만 더 어떻게 해 볼 여력이 없다. 여기까지다. 글자 수정만 몇 개 했으니 즉흥으로 작성된 시다. 더 슬림한 시를 쓰고 싶은 생각이 있다. 생각도 형태도 슬림한 시를 써보고 싶다. 이런 형태들은 여러 시인에게서 발견된다. 그렇지만 그건 또 그거고. 내 숨결이 묻은 슬림도 필요하다. 내게는. 시를 쓰면서 퇴고(라는 말을 요즈음 별로 들어본 것 같지 않다)를 하지 않는 편이다. 시는 날림 상태의 초고가 좋다고 믿기 때문이다. 고치고 또 고치고 다시 고치는 시인도 있겠지만 시는 미완으로 남는 것이 좋다. 나는 그쪽을 지지한다. 바늘 하나도 꽂을 자리 없이 완결된 시를 읽으면 숨이 막힌다. 시는 대충 설렁설렁 쓴다. 대다수는 나의 의견과 다를 것이다. 시는 그렇게 쓰는 게 아니오. 최후의 한 글자까지도 고치고 또 고치는 게 올바른 시정신이오. 당신은 좀 수상하오. 완성에 대한 참아지지 않은 강박증. 나도 그렇게 하고 싶지만 그렇게 시의 안방까지 들어가 압수수색하듯이 뒤지고 나면 남는 게 없다. 탈탈 털었는데 아무것도 없는데요. 走馬看山. 나는 이 말에 얹혀 간다. 나처럼 휘리릭 갈겨버리는 시인도 있어야 하지 않을까요. 나의 문장을 진심으로 읽어주는 당신. 언제 커피 한 잔 사겠오. 그러고 보니 시

13

에 제목이 붙여지지 않았다. 가제목은 '참고' 정도로 해둔다.
알량한 몇 줄에다 굳이 사다리를 놓고 허공에 매달려 간판
을 매달고 있는 이 사람.

59

진전 없는 나날이 전개되고 있다. 커피를 마시고 책을 읽고, 산책을 하고, 몽상에 젖고, 모르는 시인의 징징거리는 시를 읽는다. 시는 징징거림인가. 나는 그렇게 신념한다. 그런 생각으로 며칠을 보냈다. 중국발 우한 폐렴 또는 통칭 펜데믹으로 불렸던 기간에 각자도생이라는 말이 제대로 된 의미를 만나게 되었다. 사람 만나기를 회피하고 혼자 살기가 학습되던 시절이다. 벌써 잊혀진 계절이 되었다. 모든 각자는 선각자. 시는, 시도 각자의 사업.

지난밤만 해도 그렇다.

주말 재즈수첩을 들으려고 라디오를 켜놓고 자정을 기다렸는데 그 시간에 살짝 잠들어버렸다. 귀를 깨우고 보니 반은 지나갔다. 뒷시간은 깨어서 잠들지 못했다. 기억의 메모판에 적어 두었던 메모가 지워진 모양이다. 알맹이를 놓쳐버리고 껍질을 붙들고 있는 셈이다. 아쉽고 덧없지만 재빨리 체념한다. 체념과 망각은 미치도록 놀라운 슬픔이다.

어제는 비가 왔던가. 어제가 오래된 역사(驛舍)의 흑백 사진 같다.

정선 어디쯤 있을 간이역 같으다.

나름 멋을 부린 문장이다.

어제는 겨울을 재촉하는 비가 왔고, 나는 우산을 받쳐 들고 느린 걸음으로 동네를 걸었다. 나의 산책은 순찰이다. 비에 젖는 골목길과 네온 불빛과 창밖으로 내비치는 낯선 얼굴들을 지나가는 사람의 시선으로 관찰하면서 지나간다. 행인 1 또는 행인 2. 내가 걷는 맞은편 길 끝에서 나처럼 우산을 받쳐 든 행인 3이 오고 있다. 왠지 지인 같다. 그가 가까이 다가왔다. 얼굴을 알아볼 정도의 거리다. 아는 사람은 아니다. 이 거리에 내가 아는 사람은 없다. 자주 가는 편의점이 있지만 그 사람들과 나누는 말을 대화라고 할 수는 없다. 꼽아주세요. 뭘요? 카드요. 다시 꼽아주세요. 네. 영수증 드릴까요. 마주 오는 사람을 지인으로 착각하고 싶은 기대가 있었던 모양이지만 그는 모르는 사람일 뿐이다. 무지인. 저 가게는 만두가 괜찮다. 저 생맥주집 여주인은 조용하고 친절하다. 시집을 읽을 사람처럼 생겼다. 저 편의점 주인은 늘 가게 밖에 나와 담배를 빨고 있다. 손님이 없어 속상하다는 시위 같다. 지하 노래방 여주인은 빈혈이 있다. 요즘은 좀 나아졌을라나. 동네 골목은 승용차 한 대 세우면 다른 차가 지나갈 수 없다. 어느 골목으로 가도 사정은 같다. 차가 다닐 수 없는 더 좁은 골목으로 접어들었다. 골목은 다소 어두웠다. 가로등이 있었지만 그의 역량은 골목길을 충분히 밝혀주지 못했다. 성량이 충분하지 못해 뒷자리까지는 들리지 않는 노교수의 목소리 같다. 인문학의 현실적 처지 같다. 나는 어두운 골목을 순찰한다. 이층집들이 대문을 마주하고 늘어서 있다. 어떤 집은 불이 꺼졌다. 집주인이 외출중이거나 소등하고 일찍 잠들었을 수도 있다. 불을 끄고 텔레비전을 보는 집도 있을 것이다. 내 앞을 지나가던 고양이가 나를 빤히 쳐다본다. 안녕. 어디 가니? 나는 그렇게 말했다. 가던 길 가세요. 고양이는 그렇게 말했다. 나쓰메 소세키의 소설에서 빠져나온 고양이 같다. 시인이지요. 고양이가 아는 체 했다. 그렇다고 할 수도 있지. 내가 말했다. 하여간 시인이라는 작자들이란. 고양이가 다시 말했다. 왜. 내가 말했다. 그렇다고요. 괜히 일없이 밤거리를 쏘다니면서 생각하는 척 하잖아요. 그 점은 우리랑 같기는 하지요. 하지만 우리는 철학이 있는데 시인들은 그런 게 없어요. 고양이다. 그런가. 내가 말한다. 그저 시만 잘 쓰지요. 그것도 배운 대로 쓰잖아요. 책에 있는 대로 쓰거든요. 우린 그렇지 않거든요. 뭐, 간식 같은 거 없나요. 고양이다. 미안하다. 빈손이다. 내가 말한다. 편의점에 있어요. 갔다 오세요. 고양이다. 이 동네 사니. 나다. 그럼요, 아저씬 초면이군요. 고양이다. 우리는 종종 만나기로 하고 헤어졌다. 삼색이다. 암컷. 두어 살 정도 된 것으로 짐작. 통성명도 없이 우리는 헤어졌다. 그대는 길 위에서 그대의 운명을 소진시키는구나. 또 만나지겠지. 그때까지 잘 있으라. 갑자기 확 부끄러워졌다.

삼색이가 있던 골목을 나와 큰길로 들어섰다. 천천히 걷는다. 뭔가 생각에 잠긴 듯한 걸음으로. 그러나 나는 아무 생각도 하지 않았다. 언뜻 지나가는 생각은 있었다. 이런 것도 생각이라면 말이다. 며칠 전 텔레비전에서 보았던 오디션 프로그램이 지나갔다. 어리거나 젊은 가수들이 노래를 부르면 기성 가수들이 점수를 주고 심사평을 하는 형식이다. 흔한 방식이다. 그 프로그램을 시청하는 나의 관점은 가수들의 역량을 보는 데 있지는 않다. 그들의 노래가 시인들의 시와 다르지 않다는 점을 염두에 두면서 보는 재미가 있다. 가창력 있군. 고음이 좋아. 해석력이 좋아. 개성적이야. 음 이탈을 즐기는군. 지도를 받으면 더 좋아지겠군. 너무 지도받은 냄새가 나. 심사위원 중에 가장 연장인 심사자의 평어는 '참 잘 했어요'가 전부다. 나는 그게 눈에 들었다. 세대와 음악관과 장르가 다른 어린 가수들에게 나이 든 선배가수의 조언은 쓸모가 있을 까닭이 없다. 그 심사위원은 그것을 안다. 참 잘 했어요. 그것은 관용도 아니고 포용도 아니다. 그대의 노래에 내가 보탤 말이 없도다, 라는 서글픈 고백이다. 누가 내게 시를 보여주면서 '어때요?' 그렇게 묻는다면 나는 말하리라. (탄식하듯이) 참 잘 썼군요. 가는 빗방울 속에서 희미하게 웃는다. 나만 아는 웃음이다.

연구소에 돌아오니 폰에 문자가 찍혀 있다.
박세현이다.

60

토크북을 겸한 시낭독회가 열림.
와주면 고맙겠고. 박세현.

장소는 노원구에 있는 구립 도서관이었다.
11월 30일 목요일 저녁 일곱 시.
불암도서관 2층. 일주일 뒤다.
나는 참석하겠다는 문자를 날렸다.
금방 회신이 떴다. 그날 보자.
그 나이에 무슨 말을 할 것인가.
그런 게 궁금하다는 차원.

퇴직한 교수가 강의실에 들어서는 모습이 연상되었다. 원숙한 말씀. 그런 게 있는가. 있다면 어떤 것? 원숙은 원만한 성격을 갖춘 여성의 이름만 같다. 시인이 원만하다는 것은 좋은 가치가 아니다. 인격적으로 원만한 시인은 자신을 충분히 속이고 있는지도 모른다. 자기 속에서 뒤집어지고 있는 내면을 감추는데 성공하고 있다는 뜻이다. 시를 쓴다는 건 늘 낯선 자기를 만나는 일이다. 생은 다른 곳에 있다. 시인의 거처는 영원히 제3지대다. 거기가 있다는 듯이 착각하면서. 여기가 아닌 어떤 곳. 불시착한 장소에서 만나는 생소한 자아. 내 몸에 깃든 동상이몽의 자아. 일흔이 넘어서 시를 얘기한다는 것. 그건 뭘까, 싶다. 시효가 지난 문제다. 지나왔지만 거기가 어딘지 몰라 다시는 돌이킬 수 없는 자리에 시는 있을 것이라는 생각. 헛기침 하면서 돌아보는 시간. 지금 시는 내게 그런 것이다. 과녁을 잃어버린 화살 같은 것. 스스로 과녁이 되는 것. 과녁의 구멍이 되는 것. 박세현이 자신의 책에 대해 무슨 말을 할지는 자못 궁금하다. 그러나 나는 기대를 버린다. 기대 없는 기대. 아마도 그는 최근에 출판한 그의 시집에 대해 설명할 것이다. 설명이라기보다 자기 책에 대해 추념하리라. 시는 설명으로 해소되는 물건이 아니라는 것을 그는 늘 역설한다. 소설의 줄거리를 요약한다고 소설의 본질이 이해될 수 없는 것과 같은 이치다. 낭독회는 일주일 후의 일이다.

61

빅스 바이더벡은 28세에 죽은 미국의 재즈 코넷 연주자. 1930년대 한국의 문학 천재들과 비슷한 나이에 요절했다. 암 스트롱과 같은 시기에 활동했고 백인적 감각의 트럼펫 스타 일을 완성했다고 평가된다. 검색에서 만난 정보다. 다른 것 은 더 아는 게 없다. 이번 주 라디오 재즈수첩에서 황덕호는 말한다. 빅스 바이더벡이 죽은 뒤 그가 남긴 피아노곡이 두 번 녹음되었다고 한다. 1931년과 1935년. 연주자는 동시대의 재즈 피아니스트 Jess Stacy다. 나는 왜 이런 걸 타이핑하고 있는가. 글쎄다. 글쎄라는 판단중지는 내 정신의 해방구다.

회고된다는 거. 흔히 회고되는 세계적인 인물들은 젖혀두 고 소소하게 살다가 죽은 사람들은 회고의 여지가 없다. 죽 는 날이 잊혀지는 날이다. 잊혀진 이후를 사는 것이 더 맞 다. 그래서 영결이다. 영영 이별. 그것은 옳고 지극히 아름 답다. 그러나 오늘날 인터넷을 기반으로 하는 산업은 죽은 자들을 끊임없이 되살려놓고 있다. 죽어도 죽은 것이 아니 다. 검색하면 언제든지 생시처럼 또렷하게 생시보다 더 리얼 하게 눈앞에 나타난다. 내가 쓴 시 한 편도 어디선가는 이끌 려나온다. 이 사람, 여기 있습니다. sns에서는 죽은 존 레논 의 공연실황이 나오고 동시에 살아있는 임윤찬의 반 클라이

번 피아노 콩쿠르 결승전 실황이 나온다. 누가 죽었고 누가 살았는지 분간이 되지 않는다. 죽기도 힘든 세상이로세.

나는 죽었는데 잔무가 있어 세상에 다시 왔음이다.

이 말은 내용적으로도 정확하다. 내 주변에 나와 비슷한 시기에 국민학교 졸업장을 받은 친구들은 사정이 다 비슷하다. 퇴직하고, 아침 먹고 산책하고, 점심 먹고 운동하고, 저녁 먹고 또 산책하면서 하던 일 하겠지. 유튜브 편식하면서. 나처럼. 하던 일은 하지 않아도 되는 일이 되었다. 창세기 같은 나날이다. 가끔 친구들을 만나서 커피도 마시고 당구도 친다. 나는, 우리들은 살아있는 게 아니다. 쓸모없을 뿐이다. 그러므로 오늘은 언제나 '내 죽은 다음 날'(황동규)이 된다. 이미 죽었지만 영결식은 각자 사정에 따라 치러질 것이다. (가칭) 회고 금지법 같은 게 있으면 어떨까. 아무도 동의하지 않는군.

할 수 없는 일이다.

책상 위에 시집 두 권과 문예지 한 권이 있다.

우편함에서 꺼내온 지 한참되었는데 독서의 후순위로 밀리고 있다. 봉투 속 내용물이 나를 건드리지 못하고 있다. 우편물 겉봉에 적힌 발신자의 번호로 회신을 보냈다. 책 잘 받았습니다. 축하합니다. 내용 없는 빈 말이다. 상대편도 그렇게 받아들일 수밖에 없는. 다른 메시지는 추가할 게 없다. '잘'이라는 부사어 하나를 추가하는 게 나의 최소한의 성의라면 성의다. 아마 저 책들을 개봉할 일은 없을 것이다. 문예지에는 원고료 주지 않아도 상관없을 문인들의 글로 채워졌을 것이다. 읽어도 그만 안 읽어도 그만인 시들이라고 나는 넘겨짚어 버린다. 전국노래자랑급의 시들.

내 시도 네, 다르지 않습니다(그럴 리가?).

내일은 분리수거일이다.
내 시집을 한 권 뽑아들었다가 급 우울해진다.
내 책을 분리수거한다고 해결되는 일이 아니다.
아무렇지 않은 이 마음이 무엇인지
나는 안다.

오늘은 박세현 낭독회가 있다는 그날이다. 저녁 일곱 시니까 아직은 먼 시간이다. 나는 도서관 2층에 가 앉아 있다는 상상을 한다. 사람들은 좀 오려나. 한 스무 명. 아니 한열 두어 명. 그보다 훨씬 적을 수도 있겠다. 어떤 사람들이 올 것인가도 궁금하다. 노시인의 낭독회를 보겠다고 서둘러 도서관으로 올 수 있는 사람들은 어떤 사람일까. 남자 혹은 여자. 20대는 없을 것이고, 30대도 없을 것이고, 40대는 바쁠 것이고, 50대? 그것도 아닌 것 같다. 그럼 60대? 60대도 골프 연습장 같은 데 가 있으려나. 내가 걱정할 일은 아닌 듯 해서 생각을 거두었다. 오후 시간이 텅 비어 있으니 로베르토 볼라뇨의 소설을 더 읽어야겠다. 『전화』. 표4에 찍혀 있는 문장을 읽는다. **우리는 모두 유령이다.** 왜 이런 카피가 눈에 들어왔을까. 천천히, 찬찬히 표4를 읽는다.

우리는 모두 유령이다

글쓰기가 아닌 공모전에 정진하는 작가들. 실패에 이골이 난 삼류 작가. 벽 한가득 해독 불가능한 수식을 남긴 채 자살한 시인 지망생. 러시아 갱들과 어울리다 보스의 여자와 사랑에 빠지는 체육 선생. 〈씨발〉이라는 단어가 바람에 실려 〈예술〉로 둔

갑하는 바람에 살아남은 병사. 두 여자를 살인자로부터 보호하려다 살인자가 된 한 남자. 범죄자들을 잡아넣고 범죄자가 되었던 형사들. 같은 해 같은 달에 서로 다른 감옥에 갇혀 있었던 잠자리 친구들, 병실에 누워 청춘을 회상하는 서른일곱 살 포르노 배우. 그리고, 여자들.

청춘의 단면이라. 어둡고 축축했던 시절. 방향 없이 흔들리던 호흡. 저질 담배를 빨며 강원도 강릉의 뒷골목을 쏘다녔지. 남문동, 성남동, 초당동의 거리들. 고1 때 참가했던 淺灘文學會의 등사판 시집이 보고 싶다. 대관령 바람에 손을 씻던 그 황황하던 시절. 누구나 겪으며 지나가지만 나만 겪는 듯한 달콤쌉쌀했던 고립감. 그때 불던 휘파람 한 가닥은 지금도 내 입술에 남아 있다. 누군가는 당선소감을 쓰고 있을 시간에 겨울 냇가에 앉아 오지 않을 당선소식을 기다리던 청년. 눈 먼 목마와 같았던 내 청년의 단면이다. 아픔의 실체를 정확히 알지 못하면서 어둡고 무겁게 흔들렸던 작위적인 세월이다. 연민. 연민. 연민. 지금도 잘 있는가. 내 청춘의 엇박자들.

도서관까지는 걸어서 15분 거리. 아파트에서 은사(은행사 거리)까지 10분, 거기서 도서관까지 5분이면 넉넉하다. 청바지 스타일의 회색 바지를 입고, 늦가을에 입기 좋은 패딩을 입는다. 어느 장소에서나 무난하게 섞일 수 있는 차림새다. 모자는 쓰지 않는다. 우디 앨런이나 김종삼이 쓰는 모자라

면 좋겠지만 그건 모자가 아니라 우디와 김씨에 대한 정서
적 지향이 그러하다는 정도의 뜻이다. 일상이 스타일이 되
어야겠지. 시인임을 과장되게 꾸밀 필요가 있을까. 신발은
흰색 블랙야크 일상화다. 신발장에는 멀쩡하지만 신을 기회
를 놓쳐버린 구두가 몇 켤레 있다. 구두와 양복 정장은 사요
나라다. 이래저래 멀리하게 되었고, 잊혀지게 된다. 그런 것
이겠다. 세상만사. 쓸모 있다가 어느 순간부터 쓸모없어진
것들. 하나 둘. 이것저것. 세상의 모든 쓸모는 쓸모없음이다.

*

　　낭독회 장소인 도서관에 도착했다.

　　도서관 옆에 있는 제법 큰 은행나무에는 잎이 거의 졌다.
그 옆 주차장에는 도서관 직원용으로 보이는 승용차 세 대
가 나란히 주차되어 있다. 나는 별것 없는 단편소설의 별일
없는 주인공처럼 일층 열람실로 들어섰다. 세 명의 초등학생
과 어른 두 명이 책을 보고 있었다. 일상적인 동네 도서관
모습이다. 시낭독회가 있다는 안내 표지는 보이지 않았다.
그럴 수도 있겠지. 요란을 떨 것까지야 없겠지. 내 일은 아니
지만. 2층이라고 했지. 나는 열람실을 나와 2층으로 오른다.
계단은 짧았다. 2층에는 짧은 복도가 있고 복도 한편으로
두 개의 방이 있다. 그 하나에 동아리방이라는 팻말이 붙어
있다. 저기겠지라고 짐작하면서. 문을 밀고 들어가니 한 스
무 명 앉을 수 있는 의자들이 놓여 있고 앞쪽으로는 작은

책상과 의자가 있다. 아마도 오늘의 게스트가 앉을 자리인 듯 했다. 소규모의 토크북이나 낭독회용으로 꾸며진 공간이다. 크지도 않지만 작지도 않은. 실내는 천정에 달린 조명등이 모두 켜져 있어 그지없이 밝고 환하다. 낭독회 시작이 임박했다는 뜻으로 읽혔다. 폰 화면의 시계를 보니 6시 55분 20초를 지나고 있다. 5분이 채 남지 않았군. 그런데 아무도 없다. 누군가 오겠지. 그러는 사이에 누가 문을 밀고 들어왔다. 머리를 뒤로 바짝 묶은 삼십대 중반으로 보이는 여자다. 토크북에 온 독자이겠거니 하는데 여자가 나에게 말한다. "어떻게 오셨어요?" "네, 여기 북토크에 왔습니다." 내 말에는 확신이 묻어있었는데 여자는 "오늘은 아무 행사도 없습니다. 이제 소등하고 퇴근해야 할 시간이거든요." 그렇게 말했다. 직원이냐고 물었더니 자기는 동네 주민이고 시민 봉사자라고 했다. 현장이 이렇게 진행되고 있는 타이밍에 문자가 왔다. 이쪽으로 와. 토크북은 없어. 은사 국민은행 옆에 있는 어디야커피로 와. 기다릴게. 박세현. 속으로 웃었다. 아무렇지가 않았다. 흔한 일은 아니지만 그답지 않은 일이 기획되었다는 생각은 미리부터 하고 있었다. 속을까 하다가 속지 말자고 다짐하는 마음이랄까. 그러면 그렇지.

*

"어서 와" 박세현이 손을 들면서 말했다. 카페는 은행 옆 골목에 붙어 있는 작은 가게였다. 번다한 사거리에서 행인들의 시선을 얼핏 가려주는 장소다. 테이블은 도합 다섯 개다. 마음 놓고 얘기를 나누기에 적당한 장소는 아니다. 무슨 얘기를 해도 카페주인을 향한 것이 되기 쉽다. 처음 와 보지만 언젠가 와 본 듯한 장소다. 언제? 전생? 그렇군. 어제 읽은 하루키 신작소설의 한 장면이다. 주인공이 가끔 들러서 블루베리 머핀과 커피를 시키는 카페. 카페주인은 머리를 뒤로 바짝 묶은 삼십대 중반의 여자다. 호리호리한 체형이고 미인은 아니어도 자긍심을 요령 있게 감추고 있는 얼굴이다. 화장기는 없어 보인다. 마음먹으면 더 젊거나 더 미인으로 보일 수도 있겠지만 본인은 그런 노력을 기울이지 않는 것 같다. 한 편의 수수한 시 같다. 어떤 시? 갑자기 적당한 시가 떠오르지 않지만 어딘가에 그런 시는 있을 것이다. 실내에는 재즈가 흘러나왔다. 카운터 옆에 있는 작은 블루투스가 재즈의 발원지다. 데이브 브루벡 쿼텟이 연주하는 콜 포터의 스텐더드 넘버. 맑은 물줄기를 연상시키는 폴 데즈먼드의 알토색소폰 솔로다. 제목은 「Just One of Those Things(흔히 있는 일이지만)」. 내가 머리를 뒤로 바짝 묶은 삼십대로 보이는 주인에게 물었다. 재즈를 좋아하시나 봐요. 그랬더니 주인은 지나가는 말로 대답했다. 재즈는 잘 몰라요. 저 음악은 다운받아서 틀어놓은 거예요. 카페 소음을 정리하는 배경음악이에요. 아무튼 하루키 소설의 한 장면과 너무 흡사해서 놀라고 있는 중이다. 흔히 있는 일은 아니지만. 박세현은 청바지 스타일의 회색 바지와 검정 패딩을 걸쳤다. 모자는 쓰지 않았다. 나와 코디가 똑같다. 어쩐

일이지? 우리는 이것저것 대화한다. 평소처럼. 그런데 주인은 어디서 본 듯 했다. 금방 전 도서관에서 본 시민 봉사자였다. 박세현에게 물었더니 그는 '나도 모르지. 이건 픽션의 세계야. 우리가 상관할 일은 아니여. 저분도 왜 자기가 여기 있는지 모를걸.' 그렇게 말했다. 꿈과 현실의 경계가 허물어지는 순간이다. 내가 더 머쓱해졌다. 픽션이라는 말에 나는 따지지 않고 이해해버리기로 했다. 나의 하루가 이렇게 서사되는군.

"토크북은 뭐야?" 내가 묻는다.

"자네 얼굴 보자고 꾸민 픽션이지." 박세현이 말한다.

"강릉에서 언제 왔어?" 내가 묻는다.

"어제." 박이 말한다.

"강원도에선 어떻게 보냈나? 나.

"그럭저럭 보냈지. 늘 그러듯이. 자네는?" 박.

"나도 그럭저럭. 읽은 책 리뷰하듯이. 그것도 재미지. 읽었지만 처음 보는 문장이 많아서 놀라고 있지." 나.

"읽는다는 게 그런가봐. 읽은 책도 스스로 의심하게 되더라구. 읽을 때마다 다른 감각이 등장한다면 말이지 읽는다는 게 어떤 의미일까, 싶겠지." 박.

"기억마저 장악력이 약해지지 않아?" 나.

"기억의 근육량이 대책 없이 줄어드는 거지." 박.

"요새 누구랑 좀 만나시나?" 나.

"요즘은 초승달, 밤비, 시든 코스코스, 잊진 나뭇가지, 밤

바다, 겨울 까마귀, 커피, 커피, 커피와 만나고 있다. 요즘엔 영진항에 자주 간다. 거긴 경포나 안목과는 다른 시선을 준다. 뭐랄까. 열리지 않고 닫혀 있던 마음의 문 하나를 열어주는 느낌이랄까. 재즈도 듣는다. 드물게. 이 정도면 충분하다." 박.

"사람들은 안 만나나? 나.

"다 만났어. 관계도 한계효용체감의 법칙이 적용되는가봐." 박세현은 그렇게 말하면서 조금 소리내어 웃는다. 자기 안에서 볼륨이 잘 제어된 웃음이다. 나도 밍밍하게 웃는다. 간이 덜 맞은 웃음이다.

"나도 인연 있는 몇 사람 만나봤다." 나.

"이심정 시인은?" 박.

"그분 얘기는 뒤에 하지. 지금은 귀국했다." 나.

"나보다는 낫군. 자네는." 박.

"낫다기보다 나에게 무언가 확인시키는 절차겠지. 이제 더 보지 않아도 되겠구나. 더 할 얘기가 남아 있지 않구나. 마음이 식었구나. 이런 생각들을 확인하는 절차." 나.

"쓸쓸하군." 박.

"확인해본 열다섯 개의 고정관념이지." 나.

"김승옥!" 박이 나직하게 되받았다, 쓸쓸하게.

그때 머리를 뒤로 바짝 묶은 주인이 다가왔다. 저자세로 숙이면서 우리에게 물었다. 커피 리필해드릴까요? 박과 나는 동시에 주인의 저자세를 응시했다. 그 틈으로 깜빡했다는 듯이 재즈가 지나갔다. 시의 순간이다. 하루키 소설이라면 에롤 가너의 연주곡이었고 제목은 모른다고 했을 것이다. 나도 제목은 모른다. 말이 나왔으니까 생각나서 하는 말이지만 음악 매니아인 그 하루키도 죽을 때는 음악 없이 조용히 가고 싶다고 했다. 나는 슈베르트의 현악 오중주가 좋았는데 마음을 바꾼 지도 한참되었다. 나도 음악 없이, 시한 줄도 없이. 침묵도 없이. 박과 내 앞에는 리필된 커피가다시 놓였다. 커피향이 몸으로 스며든다. 커피 이름을 물으려다가 그만둔다. 이 순간 향기로우면 된 것이다. 내일 다시오면 이 맛은 이 맛이 아닐 것이다. 틀림없이.

"염인증(厭人症) 같은 거 아닌가?" 박세현이 리필잔을 들다가 문득 물었다.

"사전 속에만 있는 말이다. 아니 1930년대 소설가 김유정의 지병이었지. 사람이 싫어졌다고 단언하는 거는 아니다. 염인보다 지루에 가까운 거다. 그 밥에 그 나물. 모든 것이나에게로 환원된 증상이다. 우리가 횡단한 문학이라는 벌판도 야릇한 지루함으로 다가온다. 이 짓 계속해야 하나. 아니쓸 거 다 썼다는 말인가. 그런 마음상태의 지속." 내가 조금길게 중얼거렸다.

"혼침(惛沈). 일종의 우울증이지. 무기력하고 침울한 마음상태. 동의한다. 어떤 나이가 되면 고혈압이나 전립선처럼자기 순서에 맞추어 찾아오는 마음병이겠지." 박이 상담사처럼 말한다.

"시는 좀 쓰시나?" 나.

"물어주니 고맙군. 누구는 그러더군. '그 나이에 무슨 시를 쓰시나요. 그냥 노시지.' 지당한 말씀이었어. 울렁거림도 없이 손이 식은 나이에 시를 쓰는 건 시에 대한 예의가 아니라는군. 다른 사람은 모르겠고, 나는 시가 찾아와서 시를 쓰는 건 아니다. 혼자 두는 바둑. 다음 수를 알면서도 모르는 척 벌이는 일인 게임." 박이다.

"언어의 구멍이 보이겠군." 나.

"밑 빠진 독에 물 붓기야." 박.

"독에 구멍이 없었다면 우린 다 익사했을 거다." 나.

"이심정 시인이 돌아왔다고?" 박.

"그쪽 대학에서 일년간 연구교수 노릇을 마치고 돌아왔다는군. 언제 귀국보고회를 하자고 했다네." 나.

"보고 싶군." 박이 느린 속도로 말했다.

64

이 밤

이 밤
멀리 있는 친구들
내 진정한 친구들은 다들
손에 손잡고 시를 떠났다
여직 노트북에 고개를 구겨 넣고
중얼거리는 시인은 내 친구가 아니다
시적으로 분명하게 밝혀둔다

15

이 밤
식은 커피 한 입
나는 스스로 충분하다
철지난 가요를 들으며
메마른 눈물을 흘리면 어때
나 몰래 흐르는 눈물
철 지나면 어때서
가요가 어때서
창밖에 일제히 부는 바람
사랑은 여태 끝나지 않았는가

바람 몇 편은 풍향을 바꾼다
이 밤
이 밤

전철에서 쓴 시다. 초고와 다르게 두 연으로 쪼갰다. 지루
할 것 같아서. 그게 나아보였다. 쓰는 순간은 이런저런 망상
에 빠지게 된다. 앞부분이 다소 거칠고 격발된 느낌이 있다.
예컨대 '여태 노트북에 고개를 구겨넣고'와 같은 문장이 그
렇다. 뭐, 이 정도는 넘어갈 수 있지 않을까. 정작 하고 싶었
던 말은 여기에 있다. 이 시를 촉발시킨 출발 문장이다. 만
약 이 문장을 삭제한다면 시를 쓴 애초의 촉발점은 사라진
다. 시에도 '사라지는 매개자'를 가정한다면 이런 경우가 될
것이다. 자고 일어나서 다시 보니 시의 앞부분이 역시 무겁
다. 첫입에 힘이 들어갔다. 그리하여, 아쉽지만, 앞부분은 들
어내기로 했다. 좀 나아졌는가. 단정해졌다고 할까. 이런 목
청은 내 첫시집에도 서려 있던 분위기다. 정선 하숙집에서
마늘밭을 건너오던 저녁 무렵 여량천주교회의 쇠종소리 같
은 것이 그것이다. 스물두 살. 내가 불시착했던 낯선 섬. 그
시절의 정서가 진화되지 못한 채로 원본을 고수하면서 되살
아왔다. 안녕, 스물두 살. 잘 있었느냐.

이 밤
식은 커피 한 모금
나는 스스로 충분하다

철지난 가요를 들으며
메마른 눈물을 흘리면 어때
나 몰래 흐르는 눈물
철지나면 어때서
한물간 가요가 어때서
창밖에 일제히 부는 바람
사랑은 여태 끝나지 않았는가
바람 몇 편은 풍향을 바꾼다
이 밤
이 밤

65 [번외편]

이 소설에서 번외편을 만든 것은 필자도 쉬어가자는 뜻이다. 내게는 흥미로운 스토리가 없다. 현실은 이미 너무나 드라마틱하거든. 거기다 무슨 픽션을 더 보태고 말고 할 것이 없을 것이다. 내가 홍상수 영화에서 눈을 떼지 못하는 것도 이런 까닭이다. 홍의 영화를 본 사람들은 말한다. 홍상수는 그게 그거라고. 나는 동의한다. 홍상수는 삶을, 일상을, 현실을, 세계를 꾸민 듯 꾸미지 않은 듯 찍어내고 있다. 그게 그거 같지만 그게 그거는 아닌. 그러나 그렇게 말하는 사람들은 홍상수 영화를 본 것이 아닐지도 모른다. 벌거벗은 욕망의 모습만 봤다고?

밀란 쿤데라의 약력은 두 줄.
"밀란 쿤데라는 체코슬로바키아에서 태어났다.
1975년 프랑스에 정착했다."

이것이 저자가 자신의 책에 넣도록 제안한 저자 소개글이다. 프랑스의 언론인이자 작가인 아리안 슈맹이 쓴 『밀란 쿤데라를 찾아서』에 나오는 구절이다. '모든 전기 작가에게 보내는 코웃음처럼 들린다.'
구스타프 말러의 묘비는 '구스타프 말러'라고만 새겨졌다.

쿤데라와 말러에게서 한 수 배운다.
자기 생애를 서술하는 방식이 아니라 생을 대하는 태도.
궁극에는 이름도 무엇도 다 지우는 것이겠지.
검색되지 않을 자유, 잊혀질 권리, 통큰 꿈.

차기정권조기탄핵준비시민연대발족식
수유리 4.19 묘역 근처
기조 연설: 김관식·김수영
연설 제목: 시여, 가래침을 뱉어라

참석 예정 문인
이상화, 이상, 정지용, 이육사, 윤동주, 김종삼, 천상병
찰스 부코스키, 로베르토 볼라뇨, 다카하시 겐이치로,
아키 카리우스마키, 김시습, 허균

(참석자 명단은 주최 측이 상상한 것인지라
참석자들의 승인과는 무관하다.)

나는 잊혀졌다.

이 문장이 가리키고 있는 내용이 좋다. 왜 좋은지 설명할 필요는 없다. 미리 잊혀졌을 뿐이다. 생시에 자신을 지워나가는 메아리를 더 익혀야 한다. 문단도 나를 잊었고 극소수의 지인들도 나를 멀리한다. 고맙다. 염기서열이 바뀌듯이 모두 어느 날 한순간에 그렇게 되었다. 나는 나에게로 귀환한 나를 느끼며 살고 있다. 내가 잊혀졌다는 것은 문단의 미아, 듣보잡이 되었다는 뜻에 다름아니다. 미아에게 축복을. 진정한 듣보잡에게 그러나 싱싱한 야생을.

"당신은 소설갑니까?"

누가 물었다고 가정하자.

"나는 시인입니다." 나는 망설이지 않고 대답한다.

"그런데 왜 이런 소설을 쓴답니까?"

"이거 소설 맞습니까?

"당신이 소설이라고 해서 소설인가 하는 거지요."

"나도 소설인가 하고 쓰지만 소설이 아닐 수도 있을 겁니다."

"소설이면 좋고 아니어도 좋다는 말인데 무책임하군요."

"나에겐 허구에 대한 꿈이 없소이다. 내가 허구를 산다고 생각하지요. 따로 소설의 경계가 있는 게 아닐 겁니다."

"이도 저도 아니라는 말씀으로 이해되기도 하는군요."

"이도 저도 아니라?"

"내 힘에는 부치지만 문학이라는 제도, 양식 자체에 대한 회의가 있습니다."

"어떤?"

"소설이라는 제도적 양식들이 그것에서 덧나는 것들을 억압하겠지요. 지금 내게 물어오는 질문도 그런 계통일 겁니다. 이런 것이 소설이다, 라는 관념의 고정쇠들. 정색한 이론들. 대체로 나는 그런 생각들을 추종하고 싶지가 않아요. 제대로 어기대지 못하는 소심증이 문제겠지만."

"일탈?"

"어깃장"

"나는 중심을 볼 줄 몰라요. 핵심을 놓치거든요. 내 시가 그렇듯이. 멀리서 관망하거나 뒷줄에서 엿듣거나. 아예 보지 못한 것을 보았다는 듯이 넘겨짚기도 한답니다. 중심을 빗맞추게 되지요. 그러다보니 과한 측면이 늘 잇습니다."

"다시 묻습니다. 소설갑니까?"

"생각해보지요."

"지금 쓰는 중인 이 글은 장르가 무엇입니까?"

"장편소설. 대하소설이기도 합니다. 계속 환상이 흘러가니까요."

"모든 인생이 장편소설이자 대하소설이겠지요. 공감."

"Ob-La-Di, Ob-La-Da!"

간밤에는 두 편의 꿈을 꾸었다.

편집 직전의 영화 같았다. 앞뒤가 잘 이어지지 않고 해몽 가치도 없는 꿈이다. 아직도 이런 꿈을 꾸어야 하나. 꿈 깬 뒤에 지워진 부분들을 억지로 복원해보니 나름 거기에는 어떤 사실성이 잠복된 듯도 했다. 앞의 것은 내가 알던 여자의 남편이 나를 경찰에 고소한다는 내용이고 동시상영처럼 이어진 후편은 내가 어떤 은둔 노시인을 만난다는 서사다. 앞의 것은 흥행성이 약하다. 여의도에 굴러다니는 국회의원의 검정 승용차처럼 흔하디흔한. 후편은 잔상이 진해서 복원한다. 지워진 부분은 전지적 작가 권한으로 내가 적당히 메워놓는다.

꿈의 주인은 노시인이고 은둔 중이다. 나는 그의 문학적인 존재나 위치를 알고는 있었지만, 꿈속이라 해도 대면은 처음이다. 그는 비수도권의 낡은 아파트에서 시를 쓰면서 산다고 알려졌다. 그를 만난 사람은 극히 제한적이다. 일설에는 그가 나름의 신비주의적인 존재방식을 선택한 것이라고 한다. 확인된 건 없다. 문단 표면에 보이지 않는다고 모두 신비주의는 아닐 것이다. 일없는 사람들의 입방아다. 그의 문학명은 독고(獨高)다.

내가 그의 아파트 현관문을 두드렸을 때 안에서는 기척이 없었다. 독고는 집에 없었다. 얼마간 서성거리고 있을 때 등 뒤에서 헛기침 소리가 들려 돌아보니 거기 그가 서 있었다. 독고. 생각보다는 늙지 않았다. 노인의 자취는 표나게 보이지 않는다. 그가 노인인 것은 나의 선입견이 먼저 움직였기 때문이었다. 이런저런 수인사를 나누면서 그의 아파트 안으로 들어섰다. 카메라가 멀리서 우리를 찍는 듯한 장면이다. 구구한 설명이 소거된.

독고노인의 아파트. 낡았지만 수수하고 깔끔한. 깔끔하지만 낡은. 아파트는 방이 두 개, 화장실 하나와 간략한 거실로 구성되어 있다. 방안까지 들여다보지는 않았지만 거실의 구성은 깔끔하다. 책들이 많을 것이라는 나의 짐작은 빗나갔다. 책은 눈에 띄지 않았다. 오래된 탁자 위에 작은 블루투스 하나가 눈에 들어온다. 다른 건? 보이지 않는다. 독고가 커피를 두 잔 만들어왔다. 우리는 커피를 마시면서 처음 캐스팅된 배우처럼 다소간 어색한 대화를 나누었다. 커피 좋아하시나요. 내가 대답이 필요 없는 질문을 했다. 하루에 두어 잔 마시지요. 흔한 말로 나의 루틴이라오. 다음은 독고의 일상과 내가 나눈 얘기들을 기억의 도움을 받아 재구성해보았다. 사실과 다를 수 있음을 밝혀 둔다.

독고노인은 비수도권에 살면서 단지 심심해서 시쓰기 강좌를 열어보려고 했다. 꿈의 개요이기도 하다. 그럴 수도 있다.

그러지 말라는 법은 없다. 공급이 있는 곳에 수요가 발생한다고 독고는 믿는다. 그는 한국시의 현 단계 흐름에 대한 불만이 크다. 촘촘히 살펴본 바는 아니지만 대강의 전개는 안다고 여긴다. 문제는 기준. 기준을 중심으로 줄서기. 물론 그의 판단에 문학적 정합성이 있다는 보장은 없다. 자기만의 독단적 뇌피셜일 공산도 크다. 늙은 조선오이의 고집 같은. 흘러간 물로 물레방아를 돌리려는 헛수고와 같을지도 모른다. 문제는 당사자가 그렇게 생각하지 않는다는 점이다. 대개의 비극이 발생하는 지점이다. 독고에게는 '내가 마음만 먹으면'이라 중얼거리며 자신의 팔근육을 과시하고픈 나이 든 인간이 들어앉아 있는 모양이다. 누구에게나 이런 환상은 흘러간다.

16

독거는 자신의 계획을 일거에 실행하기로 한다.

그는 A4용지 한 장에다 검은 매직으로 슥슥 흘려쓰기 시작했다.

　알림

시 배울 분 연락바람

쓰지 않아도 되는 시 쓰는 법

약간 명. 주 일회. 무료

강사: 독고(시인)

그는 자신이 쓴 내용을 한번 훑어보면서 만족한다. 이어서 두 장 더 쓴다. 노시인은 밤을 기다려 안내문과 스카치 테잎을 들고 동네로 나간다. 어느 곳에다 붙일까. 그런 탐색을 하면서 동네를 한 바퀴 돈다. 어디가 좋을까. 전봇대에 붙이면 될 듯한데 전봇대가 눈에 띄지 않았다. 그러면서 몇 발자국 더 간다. 여기도 아니고 저기도 아니고. 이번엔 건널목을 건너 이웃동네로 간다. 그곳은 아파트가 아니라 단독주택 모음 골목이다. 여기가 좋겠다. 가로등 기둥에 붙이면 될 것이다. 적당하다고 여겨지는 가로등 기둥에 한 장을 붙인다. 양쪽 모서리를 스카치 테잎으로 꼭꼭 눌러놓고 돌아선다. 가로등 불빛이 시를 밝혀주기를! 시를 쓰겠다는 지원자가 많아도 걱정이다. 나머지 두 장도 적당하다고 직관되는 곳에 붙여두었다. 노시인은 꿈속에 다시 꿈을 꾼다. 전봇대 광고를 봤다는 사람들의 전화가 계속 쇄도한다는 내용이다. (노시인의 꿈은 그야말로 꿈이다. 그의 꿈 이야기가 이어질지는 미지수다. 다시 말해 노시인에게 시를 배우겠다고 나서는 지망자가 있다면 말이다. 그렇다면 후편을 기록할 것이지만 그런 일은 일어나지 않을 것 같다. 착각은 어느 분야에나 있고 다소간은 누구게에나 일어나는 심리작업이다.)

독고가 자주 걷는다는 산책길을 같이 걷자고 제안했다.
늦은 가을의 날씨는 걷기에 딱이었다. 숲도 있고 실개천도 있고 들녘도 있는 길이었다. 나뭇잎들은 전부는 아니지만 거의 져가는 풍경이다. 독고와 나는 현실과 비현실이 뒤섞인 길을 산책했다. 그와 나는 느린 걸음의 속도에 맞추어 이런저런 얘기를 주고받았다. 주로 내가 물었던 것 같다.

나: 이렇게 숨어사시는 이유라도 있으신가요?

독고: 그냥 살아갈 뿐이오. 숨어산다는 말은 생소하군요.

나: 세간에는 그렇게 알려지고 있습니다.

독고: 그건 세간의 시선입니다. 보신대로요.

나: 여기서는 어떤 일상을 보내시는가요?

독고: 특별한 건 없습니다. 앞에서 말한 대로 그냥 삽니다.

나: 글은 쓰시나요?

독고: 쓰지요. 쓰긴 씁니다.

나: 쓰기는 쓴다? 그건 무슨?

독고: 쓰기는 쓰지만 이게 어떤 가치가 있는지 막연합니다. 특히 나 자신에게요.

나: 아직도 그런 회의를 하신다니 놀랍군요. 실망감도 있고요. 솔직히.

독고: 실망하실 것은 없습니다. 작가라면 누구나 자신의 글에 대한 회의가 있는 거 아니겠습니까. 대단한 걸 하고 있는 게 아닌가 하는 과대망상 같은 거. 글쓰기에 대한 과몰입도 성가시고요.

나: 몰입 없이 글작업을 지속하기는 쉽지 않습니다. 적당한 과시욕이 작가의 본질이 아닌가요?

독고: 우쭐함. 맞습니다만 우스운 거지요. 거울을 들여다보고 있는 거와 똑같지요. 자기가 가진 거울에 자기를 비춰보는 거지요. 우쭐거림을 손수 짓밟고서야 쓰기를 출발시키게 되겠지요. 특히 시는. 시를 작성한다는 사실에 대한 과도한 자존감은 없소이다. 그런 건 거추장스럽잖아요. 그날

그날 나를 밀고 나가보는 겁니다. 남들에겐 휴지조각에 불과하지요. 불쾌한 문자더미지요. 내 코를 풀어서 버린 휴지. 내게는 소중하지만. 소중할 것도 없지만 말이오.

나: 여전히 시는 망했다고 보십니까?

독고: 네. 개인적으로는. 충분히. 그런데

나: 그런데도 자판을 두드리는 건 무슨 뜻입니까?

독고: 노트북과 나 사이의 개인적인 문제지요.

나: 단호하시군요.

독고: 단호할 수밖에 없습니다. 내 말이 너무 개인적인가요?

나: 개인적으로 들립니다. 많이.

독고: 시는 비교대상이 아니잖아요. 우열이 있는 것도 아닙니다. 매순간 부닥치는 건 무엇이 시인가라는 물음입니다. 이 삶은 무엇인가라는 질문이지요. 선승이 해탈이라는 개념을 의심하는 이치 비슷한. 궁극적으로. 시에 대한 합의나 기준 즉 문학적 원칙과 상식은 시쓰기에는 쥐약에 지나지 않겠지요. 그런 이론은 당신들의 이론입니다. 또 흔한 말로 개인적인(집단적인 사고가 있다는 전제) 생각이지만 **선상반란** 같은 시가 최후의 시가 아닐까, 늘 그런 꿈을 꾼답니다. 나는 틀렸지만. 나는 늘 안전빵입니다. 문학의 안전빵이란 완전빵이지요.

나: 문학 좌파군요. 우리 동네 문학은 언제나 우파적이지요.

독고: 우린 다들 적당하잖아요. 적당. 뻔한.

나: 문학사의 한 자리는 늘 비어 있습니다.

독고: (하이파이브) 그라제. 그 자리는 영원히 비어 있을

겁니다. 영원히 채워질 수 없는 채워져서도 안 되는 상상적 자리지요.

나: 그런데 전봇대에 광고를 하는 건 웬? 요즘 같은 세상에.

독고: 해프닝이지요.

나: 몇 사람 올까요?

독고: 온다고 해도 걱정입니다.

나: 바라시던 바 아닙니까.

독고: 나의 의도는 전봇대까지입니다. 누군가 그 A4용지에 쓰인 내용을 안 보고 보고는 나의 문제를 떠난 겁니다. 나는 그 전봇대 행위를 통해서 내가 품고 있는 현재의 속생각을 풀어버렸으니까요. 이해할 수 있습니까?

나: 모르겠군요. 조롱이 섞인 것 같기도 하고요.

독고: 아무튼지간에 내가 전봇대에 쓴 내용은 똥볼입니다.

나: 노인의 심술이군요.

독고: 틀린 말은 아니군요.

나: 앞질러 말하자면 냉소랄까 자학의 냄새가 묻어 있습니다.

독고: 그게 그리 탓할 일일까요?

나: 내 생각이 맞군요. 여지없이.

독고: 해석은 선생의 것입니다. 맞장구 칠 생각은 없습니다. 잠깐, 저 새들을 보시오. 저들의 몸짓이 그대로 시행입니다. 네. 그렇습니다. 저기엔 따로 문자의 보충이 필요하지 않습니다. 저 나무를 보시오. 바람결에 어떤 리듬으로 흔들려야 할지를 알고 있습니다. 센 바람에는 세게, 여린 바람에는 여리게. 거기에 맞는 비트로 흔들리겠지요. 역시 시의 리듬

입니다. 저 길을 보시오. 우리가 걷는 길 사이사이로 많은 길들이 보이지요. 곁길이지요. 저것도 시랍니다. 저 곁길을 다 걸어볼 수는 없습니다. 누구라도. 철학자나 시인들은 다 가 본 듯이 으스대지요. 추상화, 개념화, 일반화가 그들의 영업이 아니던가요. 나를 도사 취급은 하지 마시오.

보시다시피 나는 이렇게 독거 중이라오. 소풍 끝내고 돌아온 사람이지요. 이건 비유의 영역이 아니랍니다. 아침엔 커피 한 잔. 그러면 행복하지요. 정치적 관심도 끊었습니다. 내게 정치란 삶의 방향성입니다. 현실정치는 모두 한 탕 해먹는 작업이지요. 그게 정치인들의 욕망구조이구요. 내가 보기에 대한민국의 언펄칭 민주주의는 한 탕 해먹고 싶어 헛것이 꼴린 인류들의 장마당이지요. 끊임없는 민주화 과정. 우리의 정치는 유사성행위 같습니다. 유튜버나 논객들(이른바 패널들도)은 다 지저분하지요. 이런 자들을 존경하는 인민들이 다수인 나라에서 시는 무얼 해야겠습니까. 좌파인 척 우파인 척. 구역질이 나지요. 대한밍국만세. 다시 앞으로 돌아가겠습니다.

흙에서 자란 내 마음
파란 하늘빛이 그리워
함부로 쏜 화살을 찾으러
풀섶 이슬에 함초롬 휘적시던 곳
그곳이 차마 꿈엔들 잊힐리야

전봇대에 쓴 광고문이 나의 시인지도 모르겠소. 이 나이에 뜻 없이 함부로 쏜 화살이지요. 힘 빠진. 시는 나의 체온이었고 나의 기침소리였소. 심하게 말하자면 헛소리지요. 네. 헛소립니다. 참소리에 눌려버린 어떤 비명. 그것도 남의 목청을 빌어서 질러대는 헛소리일 겁니다. 남들 소리치는 방향 따라 소리치다 지쳐버리는 거지요. 자다가도 깨어 반성한답니다. 가끔 생각하지요. 뚜껑 열리는 시를 읽고 싶다. 한 며칠 잠들지 못하게 갈구는 시. 시는 그 맛이 있어야 하지 않나. 어디까지나 나의 개인적인 허망한 열망입니다.

시간 되시면 언제 우리 동네 독서모임에 오시지요. 제가 주도하는 모임입니다. 이 마을 반장과 이장들이 회원입니다. 고정 회원은 다섯 명이고, 그때마다 게스트가 한둘 있을 때도 있습니다. 독서모임이지만 딱히 책을 읽지는 않습니다. 주로 책에 대해서 얘기하지요. 책의 분량, 책의 가격, 표지 느낌, 표사 필자 분석 등이 주요 토론의 메뉴입니다. 독후감은 배제합니다. 그건 각자의 문제로 환원합니다. 나름 화기애애합니다. 아무튼지간에 책은 꼭 구매합니다. 최근에 토론한 책은 백상현의 장편소설 『새로운 인생』이었습니다. 이 책에서는 하드커버를 감싸고 있는 책의 띠지가 논쟁거리가 되었습니다. 이런저런 논쟁이 있었지만 다수는 호객용 띠지를 지지하지 않았습니다. 소설의 내용에 대해서는 누구도 언급하지 않았습니다. 읽어보면 알게 된다는 게 회원들의 공통감각입니다. 언제 한번 모시고 싶습니다.

나: 언제 하시나요?

독고: 한 달에 한 번. 마지막 주 화요일입니다. 저녁 일곱 시.

나: 재미있을 것 같습니다. 독특한 독서모임이군요. 독후감 교환이 없는 것도.

독고: 그렇지만 책의 한 부분은 꼭 낭독합니다. 삶의 발성연습 같은 겁니다. 최인훈 소설을 낭독할 때와 정지돈의 소설을 낭독할 때의 그 격차를 즐기는 것이지요. 낭독의 쾌락이지요. 콩이니 팥이니 하며 책의 내용에 대해 떠드는 것은 각자의 착각을 확인하는 정도거든요. 선생도 시집 여러 권 냈지요?

나: 네. 발등의 불 끄는 심정으로 씁니다. 개인적인 생각이지만.

독고: 오늘은 어제의 반복. 그러나 오늘은 어제는 아니지요. 시는 쓰고자 하는 욕망 속에서 경험될 뿐 쓰여지고 나면 몸을 바꿉니다. 그래서 다시 쓰게 되는. 그런데 우리가 지금 소설 속에 있는 겁니까?

나: 아닙니다. 독고 선생의 꿈속을 거닐고 있습니다. 꿈의 현장.

독고: 그렇군요.

69

다음 시집이 나온다면 알음알음 지인에게 시집 뒷표지글을 청탁할 작정이다. 나 혼자의 궁리다. 이런 헛꿈은 나쁘지 않다. 시집에 대한 뻔하지만 정직한 정직하지만 뻔할 수밖에 없는 독자 반응. 그 아름다운 표4들. 표4를 먼저 상상하고 거기에 부합하는 시를 써나가도 괜찮겠다. 그런 것이 어디 있느냐. 그러게 말이다. 말이다.

그대의 시가 더 깊은 오지로 간 듯.
__명소은

선생님 시가 막장으로 떠났다고 걱정했는데
거기도 거기 나름의 길이 있었습니다.
저도 가보고 싶은.
__이심정(시인)

여러 번 읽었더니 시집이 헐었습니다.
다이소에 두 권 더 신청할 생각입니다.
건필하소서.
__독자(노원구 거주)

3부
하염없음에 대한 각주

순환선을 타고 한강을 건너면
거기가 어디든 압구정동이든
뉴욕이든
돌아올 수 없는
먼 존재가 된다
나는

특히 모든 잎사귀 소등한
11월에는

자신의 인생을 집약했다는 평가를 받는 애니메이션 '그대들은 어떻게 살 것인가'에 대해서 미야자키 하야오는 "나도 이 영화를 이해하지 못하는 부분이 있다'고 말했다, 그의 말은 멋을 부렸거나 교만을 떤 것이 아닐 것이다. 자신이 만든 영화에 대해서 모두 이해한다는 것은 어떤 의미에서는 정확한 오해이기 쉽다. 이해는 이해한다는 인식과 상관이 없는 인식체계인지도 모른다. 시도 그러하다고 본다. 시는 더 그런 글쓰기다. 이런 점에서 미야자키 감독은 나름 자신의 작업을 잘 이해하고 있는 것 같다.

비가 오신다.

11월의 마지막 주를 장식하는 비다. 71세의 11월. 음. 다음 문장이 나오지 않는다. 나는 언어다. 언어로 꿰매어진 몸이다. 이것저것 남의 것 주워다 얽어놓은 집. 남의 것 제하고 나면 남는 게 없다. 無. 내가 쓰는 시도 그러하다. 내가 익힌 한국어를 타고 남의 얘기가 줄줄이 흘러들어왔을 뿐이다. 그게 나의 시다. 남의 관을 타고 남의 생각이 흘러갔던 것. 나는 내 생각에 이의없이 동의한다. 대체로 서글픈 일이다. 그러므로 나는 내가 아니다. 그러므로 내가 쓴 시는 나의 시가 아니다. 그러므로 나의 시는 모래성이다. 그러므로 나의 시는 바람 불면 흔적 없이 허물어질 것이다. 그러므로 나는 안심한다. 금방 사라질 나의 시에게 하염없는 작별인사를 보낸다. 아듀. 그러나

언어가 없다면 나도 없고 너도 없다. 시도 없고 소설도 없다. 슬픔도 없고 기쁨도 없다. 신념도 없고 사랑도 없다. 언어가 없다면 꿈도 없고 절망도 없을 것이다. 책도 없고 음악도 없고 영화도 없다. 언어가 없다면 대상도 없고 의미도 없다. 언어가 없다면 지금 내가 이렇게 키보드를 두드리고 앉아 있지도 않을 것이다. 글을 쓴다고 중얼거리고 있지도 않았을 것은 자명하다. 은행나무라는 언어, 자동차라는 언어, 고독이라는 언어, 기쁨이라는 언어, 세계라는 언어, 시라는 언어 속에서 구시렁거리는 71세. 중얼중얼. 나는 단지 언어였구나. 하릴없는.

지금 내가 쓰는 글은 소설이 아닐지도 모른다.
그렇다면 내 삶도 인생이 아닐지도 모른다.

오늘은 금년의 마지막이 될 빗소리듣기모임이 소집된다. 장소는 진접, 동대문, 광화문, 북촌, 정동, 남가좌동, 왕십리, 안국, 충무로. 미정이다. 어디가 되었든. 가을비 흩날리는 곳이면 OK.

가끔 꿈속에서 만났던 독고시인이 떠오른다. 그와 걸었던 길과 대화들. 현실인 듯 아닌 듯. 꿈인 듯 생시인 듯 부유하는 그날의 이미지들이 머릿속을 흘러간다. 독고노인을 다시 만날 수 있을 것인가. 그건 가능한 일이 아니다. 다시 그날의 꿈속으로 돌아갈 수 있는 건 아니다. 그런 생각을 지우면서 동네를 산책했다. 거리마다 낙엽이 쌓여 있다. 미세한 빗낱이 떨어진다. 오는 듯 마는 듯. 비 그치면 한파가 온다는 예보가 떴다. 산자락이 느리게 흘러내린 아파트 공원의 나무에는 남아 있는 잎들이 엷은 바람에 흔들거린다. 곧 떨어지겠지만. 아파트단지 사이로, 도서관과 주민센터 앞길을, 두 개의 고등학교를 지나고, 공원을 가로질러 내 연구소가 보이는 사거리 신호 앞에 멈춘다. 신호가 바뀌고 나는 곧장 전철역 앞으로 접근한다. 전철을 탈 사람처럼. 전철역을 지나 평소의 내 산책코스를 따라 걷는다. 당현천에서 올라오는 물소리가 제법 깊다. 아무것도 읽지 않고 하루를 보냈다. 그것도 읽는 작업과 맞먹는다. 읽는 것만 읽는 것은 아니다. 탄생 100주년 찰리 마리아노의 알토 색소폰을 들었으니 아무것도 읽지 않은 건 아니다. 가본 적 없는 내 마음의 뒷길을 걸었다.

무제

폐업 직전의
골목 카페에 앉아 명상 중
카페 주인도 오십의 세월을 껴안고
안 조는 듯 졸고 있다
작은 창으로 겨우 들어오는 겨울 햇살
거기에 어울리는 단편소설을 읽고 싶네
적당히 쓰다가 파탄이 난 미완의 소설을
읽으며 멋진 결론을 지어보고 싶다
…그리하여 그는
혹은 나는…
간밤에 꾸던 꿈속으로 재입장한다
꿈에서는 문득 각성한 민중들이
삼삼하게 혹은 하염없이 모여서
흘러간 민중가를 부른다
나는 손을 흔들며 눈 내리는
북만주 벌판을 걸어간다
사랑아 잘 있거라
깨어보니 꿈이었고

폐업 직전의 카페 구석 자리다
나를 아는 인류는 나밖에 없으니
잘 살고 있는 셈

74

　내가 싱어송라이터였다면
　시는 쓰지 않았을 것을.

　밥 덜런이나 닐 영처럼 기타를 메고 하모니카를 불며 돌
아다녔겠지. 송창식이나 이장희 흉내도 냈을 것이다. 생각하
면 아쉽다. 시나 주무르고 있다니. 문학적 슬픔이자 철학적
슬픔이다. 언어의 끝까지 가보지 못한 채 언어의 입구에서
방황하다니. 시는 신으로 발음되는 기묘한 딕션이다. 신이
설정이듯이 시는 환상의 영역이다. 한번 들어가면 되돌아나
오지 못한다. 시와 싸우는 게 아니라 시라는 환상과 싸우
다가 파국을 맞이한다. 시가 따로 있는 게 아니다. 내가 시
다. 당신이 시다. 나의 지지부진한 생활이 시다. 허겁지겁 뛰
어갔지만 놓친 버스가 시다. 모든 옛사랑이 시다. 18시 41분
청량리행 무궁화를 기다리는 스산한 원주역의 겨울밤 대합
실이 시다. 난삽하고 숭고한 시다. 소금이 죽으면 죽염이 된
다. '시인에서 근무하는' 아재들이여, 쓸모 있는 인간들이여,
쓸모없음을 위해 하루 더 분발하자. 끝까지 분투하자.

　내가 싱어송라이터였다면
　오늘 같은 날은 골목길에 서서 버스킹을 하겠다.

줄 없는 기타를 두드리며 구멍 없는 하모니카를 불며

흐린 가로등 밑에서 남의 음역을 침범하는 노래를 불렀을
것이다.

밤이 깊을 때까지

이웃들이 한 곡 더 부탁할 때까지.

나는 내 시가 가는 방향을 모른다.

모른다. 모른다. 모른다. 모른다. 모른다. 모르면서 방황한다.

이것이 내 말년의 시업이다. 어제는 인터넷에서 두 편의 시를 읽었다. 물론 생소한 시인이다. 나에게 이제 생소함은 더 이상 생소함이 아니다. 아는 시인은 모두 실종상태다. 그 자리를 초면인 비대면 시인들이 채우고 있다. 내가 수납하는 이방적(異邦的) 충격이 시다. 생소성, 이해불가, 모호성, 당혹감 등은 모든 시가 내장한 본능이다. 나는 지지한다. 그런 당혹감을. 그런 불충분함을. 그런 징징거림을. 그것은 이해의 차원과는 무관하다. 그렇게 발화되는 것이다. 시는 이해와 해석에 코웃음을 쳐야 하리라. 소통은 핸드마이크를 들고 골목을 돌면서 외치면 된다. 외롭습니다. 아아. 외롭습니다. 괴롭습니다. 존재란 무엇인가. 아아. 존재는 아무것도 아닙니다. 여러분도 아시지요. 내 마음. 내 목소리 들립니까. 들리면 창문을 열고 손을 흔들어주세요. 네. 네. 고맙습니다. 저기도 한 분 계시네요. 고맙습니다. 행복의 나라로 갑시다. 창작 컨설팅과 합평회를 통해 학습된 시는 사양한다. 동일한 생산 라인의 엇비슷한 제품에 다름아니다. 업계가 묵인하는 공동창작이다. 혁신적인 시가 아니라 무국적자의 선상반란 같은 시를 읽고 싶다/쓰고 싶다. 한국시의 족보를 돌아본다. 키보드에서 손을 떼고 잠시 쉰다. 더 쓸 말이 떠오르지 않는다.

화요일 아침햇살이 부시다.
햇살이, 내가 읽었던 책의 등을 비춘다.
눈앞에 있는 사발시계는 열 시를 지나간다.
며칠 남지 않았군. 12월이.
11월에는 시를 여러 편 써야 했는데 그냥 보낸다.
그냥 보낸 시.
한 줄도 쓰지 않은 백지가 다가온다.

77

서울시 노원구 중계동에 눈이 내린다.

같은 아파트에 살면서 승강기에서 여러 번 마주쳤지만
그 사람이 그 사람인 줄 몰랐다는 여자 시인
그녀의 깨끗한 무지가 나는 좋다.

우린 다들 그렇게 살고 있으니까.
그렇게 살아야 하니까.
그렇게 살 수밖에 없으니까.
그게 옳다.

그 사람은 원주에 머물렀던
시인 김지하.

마음 구석구석에서 정신적 발진(發疹)이 올라왔다. 먼 곳을 돌아온 여행후기처럼. 오페라 '나비부인'의 허밍 코러스는 이 시점의 내 BGM이다. 누군가 내 말을 듣고 고개를 끄덕이며 수긍한다면 나는 두렵다. 내 말이 저 사람의 어디를 건드린 거야? 공감은 겁나는 사건이다. 정확한 번역 또는 제대로 이해했다는 말은 무섭다. 바른 이해라는 말에 넘어가지 말자.

18

자판에서 손을 떼고 밤 산책을 나선다.

상가의 불빛이 닿지 않는 후미진 골목에는 늦가을이 뒹군다. 쓸쓸하다. 서정적이군. 감상적이야. 이런 느낌과 표현이 과연 저열한가. 저열하다는 단어가 고급하게 다가서는 밤이다. 어쩌면 시는 포즈의 문제(라고 생각하는 밤). 포즈를 정직성의 대척으로 여기는 생각에 동의하지 않는 밤산책길. 포즈는 어쩌면(이라는 말이 새삼 좋군) 정직성과 같은 변질되기 쉬운 신념을 휘발시켜놓은 상태를 가리키는 말인지도 모른다. 포즈는 믿지만 정직은 믿지 않는다. 나는 그렇다.

내일은 시를 쓰기로 했다.

오늘은 산책만 하고

내일은 시를 쓰기로 했다.
내일은 시를 쓰기로 하고
오늘은 산책만 하자
시를 쓰지 않을 수도 있다
산책만 할 수도 있다
내일은 시를 쓰기로 했다

루빈스타인이 자신의 미스터치만 모아도 협주곡 하나는 될 것이라고 말했다. 전설적인 피아니스트도 연주에서 건반을 잘못 짚는구나. 그래도 그의 연주와 명성은 손상되지 않는다. 미스터치 하나 없지만 공감을 주지 못하는 연주도 있을 것이다. 미스터치도 예술의 일부다. 누구는 연주에서 미스터치만 골라 들을 것이고 누구는 그것을 건너뛰고 들을지도 모른다. 어느 쪽이 옳은지는 모르겠다.

보헤미안 주인 바리스타 박이추 씨가 커피를 드립하는 모습을 보면 마구 물을 들이붓는다는 인상. 저래도 커피가 제맛이 난다는 건 놀랍다. 궁금하던 문제의 하나다. 따라 해봤는데 커피맛은 그저 그랬다. 드립은 하루아침에 이루어지지 않는다. 이런 격언을 만들어보는 아침. 오늘은 토요일 낮전. 휴일에 듣는 음악은 김이 빠져나간 요리 같다. 물론 말이 안 되겠지만. 휴일에 거실 의자에 깊숙이 누워서 듣는 음악이 제격이라 믿는 사람도 있을 것이다. 역시 답은 단수가 아니다. 다소 분망한 가운데 음악을 들으면(들려온다는 표현이 더 맞을 것인데) 음악의 본질이 더 분명하게 들려올지도 모른다. 지금 에프엠에서 나온 음악은 모리스 라벨의 피아노 트리오. 일요일 낮전을 디자인하는 가구음악이다.

백남준 다큐를 볼 생각이다. 아마 보게 될 것이다. 그는 예술가는 파괴자라고 했던가. 무엇을. 틀에 박힌 세계를. 상식적인 자신을. 무엇보다 예술이라 불리어지는 환상을. 예술이 자신을 만든다고 공언했던 비디오 아티스트. 낮뒤 한 시. 노원롯데시네마 아르떼관. 노원구에 사는 맛. 광화문이나 정동에 나가야 볼 수 있었던 영화를 동네에서 볼 수 있다는 사실이 오늘따라 신기하다.

노원롯데시네마측에 감사.

저녁 무렵의 문자. 한세강 시인이다. 오랜만이군. 한 해가
저무는 시점. 우리는 상계역 1번 출구에서 악수한다. 우리
는 일년에 두 번 만난다. 반년간 미팅. 늘 가던 술집에서, 늘
시키던 술을 시키고, 늘 시키던 안주를 시켰다. 주인도 늘
보던 그 주인이다. 음악도 늘 듣던 그 음악이 늘 같은 지점
의 정서를 건드린다. 잠시 서론 같은 말을 주고받는 사이에
술이 오고, 안주가 오고 술잔이 탁자 위에 진열되었다. 자,
한 잔. 오랜만이야. 술기운이 서서히 번지면서 우리는 저번
에 그리고 저저번에 나누었던 녹음된 대화를 틀듯이, 새로
울 리가 없는 얘기를 처음이라는 듯이 차분하게 주고받는
다. 자신의 문학적 근황, 최근 읽은 시집에 대한 단평, 현 단
계 한국시의 전개 등에 대해 솔직한 의견을 날것으로 주고
받는다, 엠바고가 없는 우리의 대화는 기록용이 아니므로
벌거벗은 편이다. 대화의 수위는 과대평가된 시인의 명단까
지 들먹이게 된다. 술김이기에 서로 동의하는 선에서 더 나
아가지 않는다. 근간 예정인 시집에 대한 정보도 거론된다.
한세강은 열심히 시를 쓰고 있다. 열심히는 고딕처리 되면
서 강조되어야 한다. 나나 그나 정년 후의 역할상실을 시를
쓰면서 메운다. 마치 시가 본업이라는 듯이. 내가 말한다.
나는 와이프 모르게 숨어서 시를 쓴다. 한도 공감한다. 우리

19

는 서로 웃지 않고 말한다. 같은 병을 앓지만 증상은 구구각
각이다. 어쩌다 여기까지 왔는가. 한국문학의 변방은 이렇게
소리소문 없이 시들어간다. 징징. 빌어먹을. 개 같은.

우리는 술집을 나왔다. 한 컵씩만 더 하려고. 그런데 라고
해야 하나 그렇지만이라고 해야 하나. 술집은 많았지만 노인
이 편하게 들어갈 집은 잘 보이지 않았다. 술집을 채우고 있
는 손님의 대개는 젊은층들이었다. 이런 식으로 갈 곳을 잃
어버리는구나. 빌어먹을. 빌어먹을. 우리는 그런 망설임을 달
래며 골목을 몇 바퀴 돌고 난 뒤에야 생맥주집 하나를 찾아
냈다. 여주인에게 물었다. 우리 들어가도 되는가요? 네. 그럼
요. 고맙습니다. 생맥 오백 두 개요. 안주는 노가리로 주세
요. 술집엔 먼저 도착한 남녀 한 팀이 있었다. 실내는 차분
했다. 한세강도 그렇고 나도 술기운은 올라왔지만 한결 차
분해졌다. 시쓰기에 대해서 이러쿵저러쿵 할 생각은 사라졌
다. 한세강이 시인 김영수 얘기를 꺼냈지만 나는 거기에 화
답하지 않았다. 대신 맥주 한 모금을 삼켰다. 김태영과 이훈
승의 시전집에 관한 얘기. 김삼종이 김태영에게 돈 빌려달라
고 했을 때 김태영이 거절했다는 사실을 서로 확인했다. 시
적인 풍경이다. 이제 이런 기억을 회고해줄 문학사는 없을
것이다. 문학사는 마감되었다. 한이 맥주 한 컵을 더 주문
했다. 퇴직노인들이 시를 토론한다는 사실을 뭐라고 객관화
시켜야 하는가. 쓸모없는 사업이다. 한이 시킨 맥주가 나오
고 주인 여자가 서비스라며 노가리 한 접시를 들고 와 노가

리의 껍질을 벗겨준다. 손님이 없고 한가하니 벗겨 드려요. 노인들은 벗기지 않고 그냥 드시더라구요. 가볍게 움직이는 가늘고 긴 여자의 손가락이 지나간 시 같다. 한이 여주인에게 고맙다고 치례했다. 가망없는 시작업에 대해서 한은 침묵했고 나도 침묵을 씹었다. 노가리를 씹듯이. 전망 없음 그것만이 내 앞에 펼쳐진 전망이다. 이 대목에서 누구는 말할 것이다. 어둡고 비관적이라고. 그렇다. 그게 어쨌다는 말인가. 희망은 그렇게 말하는 당신이 가지세요. 희망과 사랑과 자유를 노래한 시인. 현세박은 그런 시인에 대해서 언급할 열망이 바닥났다. 농부가 농부이듯이. 좀도둑이 좀도둑이듯이 시인은 단지 시인이다. 모든 인류가 시인이다.

두 번째 술집을 나와서 현세박과 한세강은 안개 낀 골목길을 걷는다.

마음은 조금 비틀거리고 싶은데 몸은 도리어 멀쩡하다.

심심한데 시선집이나 낼까. 현세박의 심심한 생각 사이로 밤전철이 지나간다.

어두운 벚나무 앞에서 시인에서 근무하는 현세박과 한세강은 헤어졌다. 악수는 생략. 조심히 가시오. 한때의 혈기를 상실하고 멀어져가는 노시인의 등을 바라본다. 깊어가던 밤이 24시간 김밥천국 앞에서 딱 멈춘 듯. 시는 무엇인가. 옅은 술김에 걸음을 멈추고 **맹세컨대** 시에는 역시 아무것도 없다. 마른 똥막대기. 이런저런 것이라고 시를 규정하는 논객들에게 내일이 오기 전에 저주 있으리라. 노숙하는 고양

이 한 마리가 술집 담벼락 사이 빈 공간으로 사라진다. 전
에 본 삼색이다.

82

여기까지 쓰고 키보드에서 손을 뗀다.

나는 지금 무엇을 하고 있는가. 글을 쓰고 있다. 어떤 글. 소설. 그것도 장편소설이다. 이 글은 정말 장편소설인가. 그렇다. 나는 나를 믿을 수 없듯이 내가 작성하고 있는 이 글을 믿을 수가 없다. 이준태, 박원태, 김경해, 손섭창, 최훈인, 김옥승, 서인정, 박순태, 이준청, 이구문, 황영석, 이열문. 한참 건너뛰어서 누구누구. 편견에 가득 찬 나의 작가 리스트를 회고한다. 누락된 이름은 계속 업데이트하자. 여기까지 쓰고 키보드에서 다시 손을 뗀다. 나는 지금 무엇을 하고 있는가. 글을 쓰고 있다. 어떤 글. 소설. 그것도 장편소설이다. 이 글은 정말 장편소설인가. 그렇다. 모르겠다. 나는 나를 믿을 수 없듯이 나는 내가 쓰고 있는 이 글을 장편소설이라고 대놓고 말하기 어렵다.

뭐, 어쨌든

백남준: 달은 가장 오래된 TV
2023-12-9(토) 2회 13:00~15:00
6관 아르떼(10층) C열 5번 (총 1명)
경로 7,000원

백남준이 바이올린을 끌고 거리를 돌아다닌다.

노원구 상계동 롯데백화점 앞 사거리다.

조지 마키우나스, 존 케이지와 요제프 보이스, 앨런 긴즈
버그,

오노 요코가 뒤를 따른다.

자세히 보았더니 백남준의 바이올린이 다름 아닌 시였던
것.

백남준이 최종적으로 말한다. 인생은 一場春夢.

여기까지 쓰고 키보드에서 손을 뗀다.

나는 지금 무엇을 하고 있는가.

글을 쓰고 있다.

어떤 글.

소설.

그것도 장편소설이다.

이 글은 정말 장편소설인가.

믿을 수 없는 문장이다.

83

밤 산책.

거리의 불빛 속을 걸었다.
더 걸었다.

내 안에서 반복되는 어떤 것.

그것의 정체에 대해서 아는 바가 없다. 요컨대 이곳이 아
닌 다른 곳. 현실의 경계를 넘어선 혹은 넘으려는 몸짓. 그
런 에너지와 몸짓. 그것은 시의 기미일 수도 있지만 그런 것
과 무관할 수도 있다. 경계를 넘어서는 일과 환상을 가로지
르는 일은 어느 지점에서 만나지겠지. 그럴 거다. 존 캐리의
『시의 역사』를 검색하면서 보낸 하루다. 읽고는 싶지만 읽게
될지는 미지수다. 세계에서 가장 위대한 시와 시인들의 뒷이
야기라고 한다. 그럴 듯 하다. 그런데 어떻게 시가 시인들보
다 더 오래 살아남는지 궁금하기도 하다. 그런 시의 수명을
위대하다고 칭송하는가 보다. 나는 살아남은 시보다 사라져
버린 시들이 더 궁금하다. 모든 시에는 또는 시라고 명명된
문장에는 그 시를 쓴 당사자의 숨결이 묻어 있을 것이다. 그
것은 그리고 존중되어야 한다. 나는 다수의 공통감각을 크
게 신뢰하지 않는 편이다. 문학작품은 민주주의처럼 다수결

19

에 의해 해결되는 문제는 아닐 것이다. 개인은 각자의 증상을 조율한다. 내 것이 당신의 것이 되지 않듯이 당신의 것도 나의 것이 되지는 않는다. 허영기를 동원해 말한다면 나는 내 시집에 가격을 매겨 시장에 내놓는 것에 대해 염치없게 생각한다. 쪽팔리는 일이다. 그러지 않으면 되지 않느냐고 말하지는 마시라. 이것은 그저 나의 사정이다. 소설은 공산품의 자격이 있으므로 시와는 다르다고 생각한다. 인터넷 검색창에 내 이름을 넣으면 누가 작성했는지 나의 작품 이력이 주루룩 실려 있고 대표상품이라는 글자와 함께 시집 이미지가 뜬다. 대표상품과 내 시집과의 거리 또는 시를 쓴 당사자와의 거리를 생각하며 웃는다. 시장에 호응하는 시와 시장에 호응하지 않는 척 하는 시는 그러나 알고 보니 동서지간이다. 『시의 역사』는 읽기 이전이다. 시는 표현 이전, 문자 이전의 문제다. 밤 산책에서 만난 거리의 불빛들이 시다. 전철에서 내리는 사람들 각자의 표정이 오늘의 시다. 개인사정상 휴업한다는 메모를 붙여놓고 폐업한 술집이 시다. 저집의 개인사정은 무엇일까. 저와 같은 세상의 사정을 안다는 듯이 시를 쓰는 일은 하수의 일이다. 내가 쓴 시는 시간과 함께 유유히 떠내려갈 것이다. 그것은 나의 변함없는 자부심이다.

　풋잠 속에서 꿈을 꾸었다.

　나는 전철에 앉아 있었고 종점에서 내렸다. 거기는 비수도
권이고 독고 시인이 거주하는 지역이었다. 어떻게 또 여기에
올 수 있었을까. 그런 생각을 꾸미면서 걸음은 약속이나 한
듯이 한 번 와 본 독고 시인의 집을 향해 움직였다. 꿈속에
서도 나는 이 장면이 꿈이라는 걸 알고 있었다. 꿈이 깨지
않기를 조심하면서. 겨울답지 않은 날씨다. 역주행하는 계절
이다. 들녘의 끝에는 아지랑이 피어날지도 모르겠다. 독고의
낡은 저층 아파트 앞에서 문을 두드렸지만 기척이 없었다.
한 번, 두 번. 저번과 같은 상황이다. 독고는 외출 중인 모양
이다. 누구시오. 등 뒤에서 산책을 마치고 돌아온 독고가 서
있었다. 반갑소. 독고가 문을 따면서 말했다. 나는 독고를
따라 아파트 안으로 들어섰다. 낡았지만 그런대로 깔끔한
아니 깔끔하지만 여전히 낡은 아파트 거실에서 우리는 마주
앉았다. 대접할 건 없고. 커피 어때요. 그러면서 독고는 주
방으로 가 떨그럭 거리면서 커피를 만들었다. 생의 하반기에
접어든 남자가 만드는 커피맛은 어떨 것인가. 여유 있는 맛
이겠지. 이런 과정은 대본 없이 이루어지는 일련의 응용동
작이었다.

여전하시군요. 별일 없으시지요. 내가 그렇게 말을 던졌다.

그렇소. 여여하게 삽니다. 독고는 하급 도사풍으로 말했다. 내가 다시 말했다.

나: 그동안 도사풍이 느껴집니다.

독고: (빙그레 웃으면서) 길 위에서 죽은 사람이 도사지요.

나: 시니컬하십니다.

독고: 권태로움의 한 증상일 겁니다.

나: 선생님의 일상이 궁금합니다.

독: 먹고 싸고. 몸의 잡념을 다독거리기 위해 걷는 정도가 일상입니다.

나: 글은 쓰시는지요?

독: 오다가다 씁니다. 그것도 관성이지요. 동어반복입니다. 모든 글쓰기가 나에게는 그러합니다. 시를 쓰면서 시를 배반하는 거지요. 잘 아시겠지만.

나: 배반의 장미 같군요.

독: 그건 뭡니까? 소설이나 드라마 제목 같군요.

나: 지금 떠오른 겁니다. 어디선가 입력된 거겠지요. 나도 모릅니다. 요즘도 부코스키를 독서하시나요?

독: 종종 꺼내 읽곤 합니다. 내가 고루하다고 느껴질 때 기지개를 켜듯이 읽습니다.

나: 부씨에 대한 생각은 어떤 겁니까?

독: 문학적 야담입니다. 야담과 실화라고 할 때의 그 야담.

나: 오히려 생동감이 느껴지는군요.

독: 그럴 수도 있을 겁니다.

나: 우리 쪽엔 그런 작가가 왜 없을까요?

독: 있을 겁니다. 다만 아마추어라는 차원에서만.

나: 사람들이 부씨에 대해 가지고 있는 가장 큰 오해는 무엇일까요?

독: 글쎄요. 부씨 마니아도 꽤 있는 걸로 아는데 대답은 그들이 해야 할 겁니다.

나: 독고 선생님 생각이 궁금하지요.

독: 내 보기에 부씨는 망나니지요. 문학판의. 개자식 정도. 문학판에는 개자식이 한둘이 아니라는 걸 전제한 이해가 필요할 겁니다.

나: (고개를 끄덕거리면서)

독: 부씨를 변태적인 망나니로 규정하는 것이야말로 변태적인 판단일 겁니다. 다르게 말하자면 부씨는 영리한 인간이지요. 술꾼에다 여자와 함부로 잠자리를 하는 것으로 알려져 있지만 그건 그가 연출한 자작극이겠지요. 운 좋게도 성공적이었지요. 독자들이 속는 거지요. 아니다. 속고 싶은 거지요. 우리 쪽이야 그저 문단의 뒷구멍에서 그러는지 어떤지는 모르겠지만. 공식적인 사례는 모르겠습니다. 뭐, 짝퉁 부코스키가 꼭 있어야 하는 것은 아니지요. 남한민국에서는 개망신이 되기 십상이지요. 문화적 맥락도 시대도 어울리지 않고요. 간만에 만나서 왜 부코스키지요?

나: 선생님이 부씨 애독자라고 생각했기 때문일 겁니다.

독: 현세박 씨 근황은 어떠하시오?

나: 저도 여여합니다. (둘이 소리없이 웃음)

독: 여여가 왜 개량한복 같을까요? 캘리그라피 같은.

나: 이훈승 선생이 말년에 입었던 옷도 개량한복 아니던가요?

독: 그건 법복입니다. 법복.

나: 장르가 다르군요.

독: 유사성은 있지만.

나: 근황이 궁금하군요.

독: 이거 무슨 유튜브 채널 같군요.

나: 글작업에 대한 근황을 알고 싶습니다.

독: 산문작업을 하는 중이라오.

나: 산문집 말입니까?

독: 장편소설을 쓰고 있어요.

나: 기대해도 될런지요?

독: 내가 앞에서 쓴 『페루에 가실래요?』와 『여담』을 포개 놓은 소설이 될 겁니다.

나: 흥미로울까요?

독: 글쎄올시다. 늙은 시인의 속생각을 적는 기록입니다.

나: 회고록 비슷한 건가요?

독: 그건 아닙니다. 소설일 뿐입니다.

나: 소설이라는 점을 강조하시는군요. 알리바이 같이 느껴지는데요.

독: 요컨대 소설은 소설이지요. 자서전이나 회고록 또는 남이 쓴 전기류를 몽땅 나는 픽션으로 이해하지요. 창작적으로 윤색된 픽션. 어제 만나서 나눈 친구와의 대화도 사실

과 동일하게 복원되지는 않잖아요. 사실은 언제나 사실의 재구성이거든요.

나: 동의하고 싶습니다.

독: 고맙소. 남들에 의해 회고되는 일처럼 끔찍한 일은 없을 것이오. 누군가에 대해 회고할 때 가장 좋은 태도는

나: (얼른 말끝을 이으면서) 나는 잘 모르겠습니다, 이거겠지요.

독: 그렇소. 잘 알지도 못하면서 떠들어대는 말이야말로

나: 지겹지요.

독: 그뿐인가요. 남의 일에 대해서는 입을 다무는 것이

나: 옳겠지요. 잘 되지는 않지만. 이번 소설도 독고 선생의 얘기로 채워지겠군요.

20

독: 지금 쓰는 중이니까요. 처음엔 정말 소설처럼 쓸 생각이었는데 그건 또 그것대로 견적이 많이 나오더군요.

나: 그래서 자전적 형식으로

독: 굳이 말하자면

나: 그렇게 흘러간다는 말씀이군요.

독: 소설 제목은

나: 정해졌는가요?

독: 아직이오. 몇 가지 가제목이 있는데

나: 좀 들어보고 싶네요.

독: 들어보세요. 적으실 필욘 없소. 쓸모없는 인간, 조용한 남자, 춘몽일장, 하염없음에 대한 각주 등이오. 어떻소?

나: 나라면 쓸모없는 인간을 고르겠어요.

독: 쓸모없는 인간이라. 고맙소.

나: 제목의 어감이 반시장적으로 울립니다.

독: 그걸 염두에 두었는데요.

나: 조용한 남자도 그럴 듯 하겠습니다.

독: 나중에 제비뽑기를 해서 제목을 정할 생각입니다.

나: 요즘도 독서모임 하고 있는지요?

독: 합니다.

나: 요즘은 어떤 책을 읽는가요?

독: 전에도 말했다시피 우리는 책을 리딩하는 모임은 아닙니다. 책에 대해서 떠드는 모임입니다. 우리나라 책들은 판박이지요. 뻔한 디자인 속에 작가를 가두는 관성이 지속되고 있다는 느낌.

나: 제임스 조이스의 『피네간의 경야』를 28년 만에 완독했다는 북 클럽이 있더군요. 한 달에 한 번 만나 1~2쪽을 함께 읽었다는군요. 1995년부터. 올 10월에 끝났다네요.

독: 제임스 조이스가 좋아했겠군요.

나: 미국 캘리포니아의 어떤 북 클럽 얘깁니다.

독: 거의 미친 일이지요. 제임스 조이스처럼 말이지요. 그 소설이라면 우리는 두 번 정도에서 얘기를 마칠 겁니다. 분량이 너무 많다, 이런 걸 왜 읽어야 하는가와 같은 문제를 두고 토론할 겁니다.

나: 『우아하고 감상적인 일본 야구』는 읽어보셨나요?

독: 일본 야구는 관심이 없습니다.

나: 일본 야구가 아니라……

필름이 끊어지듯 거기서 잠이 깼다.

꿈은 꿈이다. 독고와 만난 속편 격인 꿈에서 깨어났다.

엔딩 크레딧도 없이 펑 하고 막이 내린 꿈.

이 장편소설도 끝자막이 올라갈 때가 가까워진 것 같다.

아직 해결되지 않은 여지가 있는지 돌아본다.

서사의 부당성은 없는지, 구성은 적절했는지, 소설이 하고 싶은 말은 충분히 또는 적절히 했는지를 살펴봐야겠다. 등장인물들의 미흡한 개연성은 없는지도 따져봐야 한다. 시와는 다르게 소설은 그것이 어떤 소설이든 회계장부 같다. 계산이 맞지 않는 인생과 세상사의 문제를 재구성해보는 일이라는 생각. 독고와 만난 꿈자리에서 문을 열고 나오다가 나는 다시 꿈속으로 불려들어갔다. 무언가 미진한 꿈을 다시 꾸게 되었다.

나: 언제 다시 독고 선생의 꿈속으로 입장할지 기약 없는데 시나 한 편 듣고 가렵니다.

독: 현세박 씨가 내 꿈속을 다녀간 뒤에 쓴 십니다. 들어보시겠소. 자, 그럼 읽겠소.

나: 현세박은 누굽니까?

독: 이 소설의 등장인물이지요.

나: 네.

밥 먹듯이 시를 쓴다
그렇다는 것은
그렇다는 말일 뿐
칭찬받을 일도
조롱받을 일도 아니다
시는 인생만사에 드리워진
검은 그림자와 무엇이 다르겠는가
나는 그 그림자를 몸에 걸치고
중얼중얼 세상 속을 걸어간다
그게 전부다
톰 웨이츠가 핸드마이크를 잡고
쉰 목소리로 노래하듯이
무대 밑에서 보청기를 낀 청중들이
그의 노래에 환호하듯이
나에게 시는 여전히 시다
눈 내리는 날 연주되는
줄 없는 한 대의 어쿠스틱 기타다
한국정치여, 물엿 드세요

나: 좋군요. 제목은요?
독: 아직 미정입니다. 대충 무제지요.
나: 마지막 줄은 본문과 맥락적으로 인연이 없어 보이는군요.
독: 그래야 시를 마친 거 같거든요. 내 방식입니다.
나: (납득 못하겠다는 듯) 선생님의 시세계의 일부인가요?

독: 그런 건 왜 있어야 한답니까. 금방 내 손으로 허물어야 할 세겐데요.

나: 그런가요. 그렇지요. 시세계라는 조립어는 몰상식하군요.

독: 딴 데 가서도 그런 말은 하지 마시오.

나: 아라쏘.

독: 잘 가시오.

하루가 저물듯이 하나의 연도가 저무는 시점이다.
이 소설도 이 정도에서 마쳐야겠다.
(내가 앞 문장에서 소설이라고 했던가.
어이가 좀 없다.)
난민의 가벼운 고뇌를 구겨 넣은 등가방을 메고
나는 또 떠나야겠다.

기약 없는 출발.

나는 왜 이런 문장에 매여 있는가.

아파트를 나오고 5분 걸어서 4호선 전철 승강장에 도착하고 창동에서 환승하고 청량리역으로 갈 것이다. 계단을 내려가고 또 약간의 경사로를 걷고 엘리베이터를 타고 역 대합실에 도착하고 다시 에스컬레이터를 타고 내려가면 오늘 내가 서 있어야 할 플랫폼이 나온다. 서울역에서 출발하는 열차는 아직 도착 전이다. 소실점을 물고 있는 철길이 보인다. 시다. 아니다. 이런 상념이 시가 되던 때는 나의 청년과 더불어 지나간 지 오래다. 감성적이군. 센티멘탈은 나쁜가. 나쁘다는군. 사람들이. 사람들을 믿는 습성을 버리자. 열차 도착 안내방송이 시작된다. 저 목소리는 나를 알까? 모르겠지. 내가 모르듯이. 모르면서 살아가는 한 줌의 기쁨이여.
강릉에 가면 나의 친구 현세박을 만나겠군. 시인이며 조용
한 남자이며 세상의 문장 밖을 겉도는

쓸모없는 인간.

하염없음과 춘몽—일장에 각주를 달고 있을
가진 거라곤 잉크뿐인 나의 친구.
기다려주시게.
잠시 후 우리는 강원특별자치도 강릉시 남문동 고택
자네의 어두운 서재에서 악수하게 될 걸세.

쓸모없는 인간

ⓒ박세현, 2024

1판 1쇄 인쇄_2024년 08월 20일
1판 1쇄 발행_2024년 08월 30일

지은이_박세현
펴낸이_양정섭

제작·공급_경진출판

    사업장주소_서울특별시 금천구 시흥대로 57길 17(시흥동) 영광빌딩 203호
    전화_070-7550-7776 **팩스**_02-806-7282
    홈페이지_https://smartstore.naver.com/kyungjinpub/
    이메일_mykyungjin@daum.net

값 14,000원
ISBN 979-11-93985-32-8 03810